民国女作家小说典藏文库

仲夏夜之梦

关　露◎著

中国文史出版社

目 录

殁落   *1*

姨太太日记   *9*

倒闭   *24*

仲夏夜之梦   *29*

一个牛郎的故事   *37*

新旧时代   *45*

黎明（节选）   *171*

殁　落

　　老九把他的女人滨和女儿从南昌接出来之后，他们同住在一个亭子间里。这亭子间不太大，但是也不太小，可以搁一张两人睡的床、一张方桌、椅子、摇篮，还有烧饭用的汽炉之类。

　　这样的生活对他是很舒服了。他每天早上很早地上汽车工厂去，晚上回来。当他出去和回来的时候，定给他的女人一个吻，接着就吻他的孩子。

　　他们这样生活了两个多月。他每天上工厂去，晚上忙得很迟回来；他的女人每天也照例地处理着小家庭的任务：喂孩子几遍奶。礼拜天他们一同带着孩子出去玩。

　　"滨，你对我的生活什么意见？你近来为什么常常不爱说话？我把你送回南昌的时候你不是同意我这样的生活吗？并且你还认为是应当……"他常常这样问她。

　　"我怎么会不同意你……我只惭愧我自己，我不如你，我赶不上你，赶不上许多朋友；我们是过了同样的生活来的。"他的女人也老是这样回答他。

　　"你赶不上？硬赶呀！我可爱的孩子，你很明白哦，你有希望，我总觉得你有希望，任何人都有希望。只要你不再想成一个

1

梵婀玲专家，你知道我现在是买不起那东西了，我不再是一个大学生。"

滨听着在微笑，灰色的微笑，她最初是这样的，末后也是这样的。

滨的确是很驯善的，就是有了什么不快活，她也不大爱说，也不大爱和他闹气。只是小孩子吵得太厉害的时候，她打他两巴掌。

不过，这亭子间的生活是有点儿使她难受。她常常想："这烦闷他当然感觉不到，他又不成天待在屋子里，他又不喂奶，不带孩子；他只每天忙倦了回来睡觉。而且他和工人们混了这久，当然他的生活习惯比我进步；他不谅解我，还说我不谅解他，他只知道忙，我的苦闷他一点儿都不知道。"

她时常这样想着哭了。但是她主观上终于同情他，同情他抛了大学生生活，抛了小资产阶级的生活，他去做工。

她有时候也兴奋着想跟着他一道走，她要下决心……把孩子送给嫂嫂去，自己进工厂，或者去……她想着我不该在大学音乐科读三年，我该在中学毕业就……只是我不愿意抛弃了梵婀玲，还有钢琴……

为了要求厂方加薪，老九被厂里开除了。本来他的英语说得特别好，在许多工人当中，美国经理特别重视他；这次他本来不会被开除的，是两个俄国工头和他捣蛋，说他煽动工人罢工，这样他离开了福德汽车公司，失业了。

无职业地生活了一个多月，家里的开销都是用的滨从南昌带来的钱，这是她在南昌教育局服务了半年剩下的薪金。

孩子一天一天地大了，很顽皮，一刻不肯离开母亲，滋养料他需要得比从前多；他不吃母亲的奶了，每天吃勒吐精代乳粉和饼干，他们仿佛就连这孩子的食料都难得负担得起似的。为了这，滨确是受些委屈，电影不大去看，头发也没有工夫烫，她对于一切都不可能，而且也没有兴趣。

她一天一天地憔悴了。暑天，亭子间当着西晒，有臭虫，弄堂里邋遢气从窗子里进到房里来，孩子只知道气闷地哭；她对于每天的生活都感觉着疲倦，没有创造，没有新的感觉。她的确想改造自己，只是拿不出勇气。

老九又当了汽车工人，因了福德公司经理的介绍；这是由于他的英语说得上等，经理特别重视他。他对于这次的职业特别感着兴趣，这汽车公司虽然赶不上福德那样大的规模，但是许多工友都是前进的，一般地都有着生活上的觉悟。就在他个人生活方面也比原来的好，工作时间比从前少，工钱倒比较多一点儿，所以他可以多分出一些工夫去干些别的事体。

老九现在和滨商量，因为几个工友约他去组织俱乐部，并且利用晚上散工时间叫他教胡琴、唱京戏，所以现在不能每天晚上都住在家里，要经常地和工友们同住去。滨点了头，答应了。从此老九是隔一天回来一次，晚饭也不能每天回来吃，时常跑到饭铺里去吃三百钱一餐的咸肉饭。

"妈拉个……老子才不要老婆，老婆要了有什么用，老子罚了工钱，回去还要受脸嘴，总说什么王二娘子的衣服烫得漂亮，我舍不得出一毛钱给她上洗衣店去烫衣服。妈的，有钱才要老婆，好抱着亲嘴，没钱的人吃老婆的吐沫，她才不和你亲嘴呢，她抱别的男人。"这天放了工的时候，老九的工友阿福和他谈起家事，一路上走着发牢骚。

"阿福哥，你不该这样气你的老婆，她不好，她不懂事，你好劝劝她、教教她；我的那位女人也是这样，她总想着她年纪轻，应该漂亮；她还不如你的女人呢，她吃不来苦，穿不来坏衣服，做不来重事。不过我总时常说些道理给她听，我觉得她很听话，会学好的。你也劝一劝你的女人吧，别怄气。"

"女人也有明白的吗？我总觉得女人难得懂事。"

"不对，你知道，有钱的女人难懂事，因为她过活得太舒服了，成天糊里糊涂，她们有钱，一切都不愁没有，糊涂一点儿不要紧。像我们这样穷人的女人都会懂事的，一糊涂就得饿死，没有一个大钱，成天糊里糊涂的谁来睬你，又不是人家的老娘，怕你饿死了不成。所以越穷透的人，越聪明，越会想办法，脑子越清楚，穷不透的人清楚也是半吊子。所以，阿福哥，穷人的女人是有办法的，对吗？"

"不错，我的老婆有时候也还明白，她时常对我说，'我们老穷着饿肚皮不是话，做强盗也不是话，我们总得想一个办法才好'。呃，她是还有点儿明白呢。"

"对啦，阔人是不会想长久办法的，因为他们不必想，办法实在太多。你看阔人的太太，衣服都几千块钱一套，她要发愁吗？害怕穷吗？她的丈夫在老百姓身上稍稍多抽一点儿税，她就够买大堆的金刚钻啦，还有剩下大堆的钞票存银行。我们这汽车行的经理怕穷吗？只要多罚我们几次，他也就很不错。所以我说有钱的人不聪明，实在是太方便了，什么都现成地搁在面前，不要像我们这样用心用肝地去用聪明。得啦，你就这样去开导你的女人吧！叫她自己想出什么办法去找吃，叫她不要靠你，也不要

4

靠别的男人；告诉她，女人也是人，靠男人是丢脸的事，婊子野鸡才靠男人呢，拿自己的身体向男人卖钱。"

他们这样谈着走到俱乐部来。这地方是一个半旧的亭子间，二房东是这里边一个工友的姑母。他们在里边坐着，谈着，说着很快活。什么胡琴啦，笛子啦，金鼠牌香烟呀，弄得一房烟雾瘴气。这些事干完了就大家谈天，家小呀，打棚呀，诸如此类的总一直谈到十点钟左右，大家想起了第二天早上要上工，才开始提出来回家去睡觉。

老九每次都很兴奋地和他们谈，谈倦了就和工友们一块儿回去。有的时候想着滨一个人在家里太寂寞，也会很晚地还回到家里去，并且总把许多自己感觉得快活的事，和跟工友们谈话间得意的地方告诉滨，征求她的批评。滨听着，有时候感着很兴奋，有时候很沉默，但结果她总是呈现着抑郁。

本来，在每次老九出去的整天里，她总是沉闷着，有时候有一两个朋友来和她谈天，她也总觉得应付式的谈话提不起她的情绪。这烦闷的状态，也许只有她自己比任何人能够了解得彻底。她总感觉得自己生理上不康健，这不康健不是先天的，不是学生时代所有的，也不是恋爱的狂欢造成的。这不康健有点儿近于歇斯底里，这歇斯底里当然是由于太寂寞了来的，然而绝不是为了生理上的寂寞，老九是仍旧用着初恋时的热恋在恋着她的。这点也只有她自己才知道：是由于自己对于物质周围的不能合于理想；想着目前的生活：亭子间，自己烧饭，领孩子的生活。一切别的年轻的女人，尤其在自己同学中都有的一切的幸福，自己都被剥夺了的时候，仿佛就此埋没了自己的青春似的。最初，滨对于自己概念上的冲突，还不能求着明确的解答；经了许多次的探索的这时，她知道了这不是自己的不能了解，乃是由于不愿意了解；现在完全觉悟了。她觉悟到自己没有放弃追求荣誉和物质的享乐，她觉着自己当初同意老九的工作，完全是没有经过考虑和爱的一时的热情的冲动，并且是抱着另一种新的幻想，是这样地同意了他的。到现在，生活呈现在自己的面前了，心的幻想征服不了身体上感受的烦闷；这样，使得她在有的时候受了老九或其他朋友推动的时候，自己想着应当转变对于生活的态度。但是，这只是她暂时的兴奋，也可以说是歇斯底里的兴奋，当老九和朋友们离开了的时候，她仍旧包围在旧的意识里，萎靡了。结果，仿佛是久病缺乏了滋养似的，精神不能被任何事体鼓动起来。

时常老九向她多说话的时候，她总是不作声，她想："我错了，你对的，但是你为什么不多分一些你的精神给我，难道你还不知道我力量的微弱吗？"

夏天快完了，天气还是极端的热。老九的工作又歇了；这次不是被开除，是因为自己病了一个多月，想这时没有复工的可能，自己把位子让给了一位朋友。

从这时候起，滨就显着病的状态。最初是怀孕，后来就渐渐地发热，脸黄瘦了，情感上更表现着主观，神经衰弱；这病是使得她愈悲观，对于一切愈没有兴趣，同时，她的病也可以说是由她这样没兴趣来的吧！物质环境一天一天地逼迫着了她的一切，在这样的情形中，她也只好这样病下去。

在滨一个月的病的当中，老九恢复了康健，并且也恢复了职业。老九很爱他的滨，虽然也寂寞着她的软弱，不能脱离生活的旧形式。他暂时向俱乐部请了一个时期的假，多在家里看看孩子，有时陪滨上医院去看病，晚上滨有精神的时候，还陪着她去看几次电影，还把最近更加多的工钱替她缝了几件衣服。

这天的下午，初秋的太阳晒得人皮痛，马路上的蒸汽很逼人的时候，是老九工厂里放假的一天，他趁着这空的时候，和滨在一个上午找了一间房子，为了晚上孩子要睡觉，就在这最热的时候搬了家。新搬的房子是靠近在杨树浦，房价比法租界要便宜得多。

这时候在滨的心里，觉着只有自己牺牲，牺牲了自己是完成了对她丈夫的爱。杨树浦是工厂区域，看不见一切都市的生活，更看不见他们旧来的朋友，他们成天所往来的，只有老九新认识的一些工友们。

本来，搬到这地方来是老九一个人的意见。房子便宜是一个条件，最主要的是便于自己的工作，同时可以使得自己的女人能够多接近一些真实的生活。由于生活的充实，影响到她的意识、她的生活习惯，搭救她生理上的软弱。由于这件充实的开始，也就开始暴露了他们日常生活和感情上的冲突。

大概是搬家那天受了暑热的原因，在这一天下午，许多朋友在他们家里玩着，吃着凉拌面的时候，滨狂烈地吐了血，继续了十几分钟。最初头部和全身都发着冷，身体发硬，经了老九和朋友们用开水灌着咽了几口以后，恢复了知觉，但随即升起了高度的体温。她的病症，这青年的滨的最后的病症是从这次开始的。

老九整天地忙着，每天除了做工时间而外，就只照应着病人。最初是把朋友介绍的医生请到家里来，后来因为病的沉重，搬到了医院中去。滨的病最初还不曾经过明确的诊断，入了医院以后，经了医生详细的断察，断定是肺结核。

医院的生活是寂寞的，尤其是对于一个神经质的患了肺病的

7

人。经过了三星期，为了给予病人的安慰和便于自己看护起见，老九和医院商量着把滨从三等病房搬到二等，由二等搬到了头等。这时候，即是在病的本身，也是比较初入院的时候需要服侍和陪伴的人，老九也是从迁移病房的最后的一次起，自己也搬了进去。

滨每天都发着高度的热，咯血的次数一天比一天增多，老九间空的时候，就坐在她床边瞪着眼，望着，手里捧着痰盂。医生进来的时候，照例问他些关于病人的话，医生总也诚恳地照例地答复："要静养，不可以用脑和心里不安静，安静是养病第一条件。"

老九知道滨这样病的起源，他现在自己也陷在最沉闷的当中，他想着，以这样性格的女人，生了这样的病，生活在这样的环境里，病是没有理由可以减退的。在感情上，自己有些对她不起；但是，能够安慰了她，是要牺牲了自己的，不是自己的一身，是自己的前途，这前途，可以说是任务，这有什么办法呢？

最后，老九因为陪着滨有五夜没睡觉，这天下午他实在太疲乏，在滨的对面床上睡着了两个钟头，醒来之后，不知滨在什么时候身体冰冷了。

（原载 1933 年 4 月《现象月刊》1 卷 2 期，署名胡楣女士）

姨太太日记

三月四日

昨天运气真坏，正要成那一牌，让那瘟娟给打破了。这几天接连地总是输。

×长总说他和她近来没有关系，我何必跟他去用嘴辩呢！昨天那戒指是买来干什么的？给二小姐出嫁的，那真骗人，二小姐明年秋天才出嫁，用得着这早买戒指！并且老太太也并不知道。

他又是天快要亮才回来。公事忙！吃花酒忙！连瘟娟都找不着他，不知又要玩什么新花样！

三月六日

前天我误解他了。据赵太太说的确那天他们是在扬子开股东会议，也没有女的参加，只他们自己几个打了几圈麻将。并且他还赢了钱回来，怕是真的。

昨天下午烟抽得太多了，并且他两夜没有好好地睡觉，要好好地睡，我便不得安身了！没法子，正如他时常和我说的"你要用起钱来我便不得安身"是一样的。这也难怪，医生本来是说我有病，所以对这个特别感觉厌倦一点儿。但是他如果去找那个瘟娟，我又确实是不快活。这怎么办呢？男人在女人身上花钱是为了什么呢？我只好……唉，妈说过："有福的女人是要能使男人欢喜。"

三月七日

今天是二小姐妈的死祭，一清早老太太就闹着办素席。那还有什么闹头呢，再讲究些人还是死的。×长天天在外面玩，她都不见管一管，总告诉人说姨太太是花钱买的，不值什么。其实从前她对她那媳妇还不是一样的说法："男人只要有钱，娶女人总容易。"现在又尊重起死人来调排活人了。要知道你自己也是女人呀！真的，娶来的和买来的有什么分别？用男人的钱陪男人睡觉总是一样的事！

下午他回来得很早，而且一直都在我房里。大概又在外面遇了什么不快活的对头，所以对我这样好，还说明天要带我上公司去买东西呢。可是为什么忽然又说我太瘦了，赶不上顾远如太太的胸部好看。我明知他是跟我开玩笑的，但是……

三月八日

今天一清早顾远如太太就哭哭啼啼地跑得来，真把我吓坏了，还在做着梦就爬了起来。原来她又和顾老爷吵了架，要离婚。这倒正和我们家里的五太太差不多，一年起码要离九次婚。但是离婚的状子还没有做，两个人又抱起来，亲作一团。果然，今早我刚洗了脸，还没有把顾太太的眼泪劝干，她老爷便来接了她回去。晚上听说又是一辆汽车开到回力球场去了。后来听说他们这次吵架的确是为了顾远如要娶一个女人。我想如果是真的话，我也要劝顾太太不要提出离婚两个字来。在这样的世界里，男人要重娶，女的提出离婚那真是太便宜人家了，你这障碍走了还不好吗？所以最好不走，宁可搬开去住，每天的开销是要男的照付。我想明天下午一定到顾家去看看，到底是什么一回事情。

三月十二日

这几天让顾家的事把头都闹晕了。我是无论如何不赞成顾太太离婚。连小姐这人真奇怪，碰着这样的场合她总是劝女的离婚，总说是与其让男人去调排不如不要这样的男人，宁可穷苦一些，自己去单独生活。

这话说得不错呀，我时常被那些瘟娼气狠了的时候也会这样想，并且我也当真地走过。比方前年我和×长闹的那一次气，妙师父多么殷勤地劝我到她庵里去，当我初去的时候，她是每天亲自到厨房里去弄素菜，把服侍她的那个小徒弟龙玉调来陪我。她说："还是出家好，结了尘缘总是烦恼的。何况，老实点儿说，不怕你太太生气，你今年也将近三十啦，你们×长又向来是爱风流的，钱又多，说不定随时随刻会娶上一两个。那时你的太太还是要被人抢去的，不是吗？哦？"

她还对我说："只要你能诚心信佛，自己手里也还有这么多，就在这庵里安心地住下去，将来我死了，一切还不都是你的。"

我那时确实是把妙师父的话信以为真了。哪知搬进去住了还不上三个月，我的东西差不多当完了，×长的音信也没有了，那时候不待妙师父发言，全庵的人连对我的称呼都变了。后来要不是×长听了李秘书的劝解，良心发现了接我回去，我还不知是个什么下场呢。

三月十三日

昨天的日记没有写完，碰着连小姐来了。她一来就谈起顾太太的事。并且，多么吓人呀，正是昨天下午我们看完了头场电影的时候，她吞服了烟膏，后来还是让连小姐的嫂嫂顾三小姐先发现了！给王院长打了电话，说是婶婶服了毒，才由王院长发了病车，接进医院去。

连小姐谈起这事来还是主张离婚。我顺便地把我前年进庵的那件事向她谈起来。她说进庵的办法本来不对，尼姑总是骗钱，哪有真心替人想出路呢？我说离婚这件事根本就不对，世上的人总是欺压女人的，女人不靠男人哪里还有出路！连小姐现在是没有结婚，自己的父亲又有这样的势力，一个能干的女儿要找事做谁还不来捧呢？假使将来结了婚，有了儿女，人事也变迁了，父亲不像现在的话，拖了儿女去找谁呢？

连小姐听了我说的话，不作声了。我想着她近来一定在讲着恋爱，不然为什么感情常常会变化得那么奇特呢？快活的时候话那么多，忧郁的时候一句话都不说。

三月二十一日

顾家的风潮不闹了。昨天两夫妇又手挽手地出去买东西，晚上还来约我们上红梅酒家去吃饭。红梅酒家好像专门是开设了给太太老爷们和事的一样，上次我们五太太夫妇吵架，结果也是被×长约到红梅酒家去吃饭、和解。

两夫妇吵架的时候，女的主动总是不值得的，人家总说女人量狭爱吵，被钱一哄又好了。我往后总想竭力避免吵架这一回事。

三月二十二日

×长这几天对我又有点儿阴阳怪气了。早上递衣服给他的时候他总是爱理不理的，就只晚上喝醉了酒回来的那一团子劲。白天看看他那样子倒像晚上不是睡在一块儿的一样。你问他什么他总是"你们女人不懂，女人只会穿衣吃饭"。

唉！谁说女人装扮得好看不是为着丈夫的呢？他两晚不回来睡，总喷着香水洒在身上辜负了香气似的，口红和粉擦着也觉得有点儿无聊。怪不得老太婆不爱打扮了。假如老太婆可以找一个阔男人的话，纵然粉擦着不好看，香水一定也是爱的。老太婆骂年轻人爱打扮，十足的是含着嫉妒心。

人总是怕老的。不知怎么的，每天照着镜子，有时觉着很年轻，有时觉着竟然脸上起了皱纹了。记得有这样一句话："人老珠黄不值钱。"是的，假如女人自己有钱的话，谁愿意嫁一个有胡子的男人呢？我一生算是和三个年轻的男人往来过，但是他们出不起赎身价呀！×长虽然年纪大了，但是他能够出钱，他算得了便宜。再隔几年他还要嫌我老呢！那时他又不愿意为我花钱了。

镜子恐怕是少女最喜欢的，我现在渐渐地，……但是我不愿意很快地就讨厌它！

三月二十五日

今天早上×长那一场脾气发得真奇怪，怎么我会和李秘书的兄弟去好呢！这几日他说部里公事忙，不能在家里；老太太病势又重，他不许我出去，叫我在家里听他的电话，不能叫我整日地坐牢哇！小李和李秘书的太太一同来了，我和他打两圈麻将又算什么呢！我觉得今天的气大有点儿使人难过。但是没有法子，做了女人！男人玩姑娘是不要紧的。他不玩姑娘还不会娶了我呢，我还看见过他的太太呢！

他又说我的头发烫得变了样子，不知准备去迷什么人！其实还是因为上次他说了拖在后面不好看，我才改成这样的呢。

他一生气就马上调查起我的月费来了。我这几个月都没有打过五十元的麻将。从前没有嫁人的时候，只要生意红，多用几个钱倒还不会受这样的气。其实嫁了人还不是一样地做生意，一样地睡觉拿钱。不过说起来不是给人嫖罢了。

三月二十九日

×长前天骂了我，见我一声不响，也觉着自己太威风了，昨天从李秘书那里回来，带了一个钻石戒指给我。据说那戒指原来是赵行长的三姨太太的，因为去年有一次她赌回力球，赌输了瞒着行长，托李秘书拿了去押的，现在她本人死了，押主又仍旧托李秘书拿来贱卖。

这戒指的确很好，纯粹外国的镶工，据说原价可以值六百多两，但现在×长买来只四百块钱。据杨妈说还不上四百块钱呢，只二百七十块钱，×长故意向我把价钱说高些！

我从小就喜欢钻石，我想这东西没有哪个人不喜欢的，那么亮，又那么轻巧。不过它的姿态起码要正确，要抬起头，挺起胸脯，走路步伐要放得开，走得快。若能早眠早起，注重卫生，及练习自己的姿态更好。

我有一个朋友，她是因先天和后天的特殊情形最多病的。有人问她："你这样多病，又病得凶，加以穷，为什么还没有死？"她说："我平日每早操三百动乃至五百动，临睡时也操四五十动，我肺部每天起码做二十个深呼吸，我又注重卫生，大病了，我就平心静气，丝毫不躁。这样，我怎么会死呢？"我以为这是一个体操保养，缺点就是不能照人。

春天来了，风还是那样呼呼地响！院子里的花架子都吹动了，明天花匠又要忙个不了。

我打算睡觉，不等他了，简直无聊得坐不住，还不知道他什么时候才回来呢，现在已经十二点了！

三月三十一日

昨天连小姐的外祖父孙老太爷做八十岁生日，真热闹，唱了堂戏，酒都开了一千多两银子的，自然，儿子和女婿都做着官，老太爷的生日还不是大事吗？像前次王厨子的父亲过生日，那还是因为儿子在当大司务，才从我们厨房里端过两碗鸡汤面去。听说他那位老太婆在乡下养了一辈子的鸡，自己还不曾吃过一碗鸡汤面呢！

听说我的妈也没有吃过鸡汤下面，唉，她现在死了，不然，……不管女儿是嫁给人也好，卖给人也好，女儿有钻石戒指戴，妈总……

真的，提起钻石戒指，想起昨天去孙家拜寿的那件事来了：女客当中戴钻戒的真不少，但是将我的和她们比起来，我的好多了，那么亮，镶得又那么精巧；戒指亮，使得我一身都亮了，仿佛我的脸上都在发光。但是后来看堂戏的时候，让后面那穿西装的盯了我一眼，我倒反觉得难为情起来。为什么他的眼睛那么狠毒，是嫉妒，还是轻侮呢？他那狠毒一眼，好像眼睛里尽带着刺，从我的心里一直刺到脸上，顿时我便觉得我那发光的脸变得发红了：究竟他是什么原因要那样看我呢？他莫非是知道我常常在家里挨骂，而这戒指就是骂我的人给我的！我这么不硬气，为什么要从骂我的人那里接过这戒指来呢？恐怕他还不只是想着挨骂的一件事，他更知道关于我的许多别的事体！

恐怕他还不只是对我一个人是这样想法，他一定更知道许多戴丈夫钻戒的女人们的事情。但是，最好是他不知道，假使知道的话，戒指就不会那样使人发光了。

今天下午又是一场气！

四月五日

这几天都连着下雨，阴森森的天气把人的心境都影响坏了。

何况像我这样本来就是受着气、过着阴暗生活的人！

今天为了叫人打扫客厅，用人不小心，把李秘书送的那只花瓶打破了，×长回来了立刻就大发雷霆，骂我畜生、饭桶，还骂我婊子、贱骨头，为什么不招呼用人小心一点儿！我知道为什么呢？我招呼了他，他不小心有什么办法呢？

用人让他两个耳光打跑了。用人可以跑哇，辞了工去进荐头行！我呢，我是骂不跑的，可以尽量地给人出气，从这里走了不能到别家去。况且我现在是一个孕妇。怪不得我上次要堕胎他不准啦，一小孩子可以锁住一个女人的心。把女人锁住了，男人在外边无论干什么都是放心的。反正有钱的男人，是不妨多锁几个女人在家里。从前是一定要做了皇帝才可以有三宫六院，现在只要是有钱的男人都可以学皇帝！

四月六日

今天连小姐在这里吃午饭，吃过饭她就一直坐在我房里。其实连小姐跑到我们这里来倒像没什么趣味似的。本来她是不必常来的，一则她是和五太太的关系，同时她又是从小被我们老太太抚养大的。听说她的妈在生了她，就因产后热死了，后来继母不爱她，从小就让奶妈把她抱到乡下去养，长到十二岁才让我们的老太太带回来。后来继母又扣着她的笼，让她住在学校里读书。所以她常常说："无论什么关系都是钱的关系，假如钱不作怪，什么坏事都不会发生。"她为着从小的遭遇不好，到现在身体还养不康健。她说她不怪她的后母，只怪她的父亲太有钱。她是决计不想和后母的孩子争父亲的财产的。

连小姐这人虽然有些让人莫名其妙，可是有时候说出两句话来倒很能中人的心事。比方她今天说"女人的过分打扮完全是为了男人"。我觉得这话很有些对。从前我过着挂牌生活的时候，那种每天里的九道胭脂七道粉的生活，差不多没有哪一个同伴不讨厌它，但是为着要做生意，要接待客人，纵然有时候疲倦得脸都不想洗，宁可不洗脸，胭脂和粉是要糊上去的。

后来要嫁人了，我想着有了固定的丈夫，这种太烦琐的打扮可以免去了。哪知道有了丈夫还是一样的，你不高兴打扮，做丈夫的要逼着你打扮；他说娶了老婆仿佛是买一件吃的东西一样，是要适口而美观的。后来我把这句话拿去问了许多高贵的太太，她们说她们的丈夫都是抱着同样的见解，不过说法不同罢了。一个男人花了许多钱娶一个女人，不是为了她的身体和面貌还为着什么呢？

四月七日

我怀的小孩子已经六个多月了，一天到晚都感着疲倦，但是×长每天都叫我那样晚地陪着他。出去还逼着我穿顶高跟的鞋，我真不愿意穿上那样的鞋走一步路！

昨天又是为了穿鞋和他争了几句，他马上说："现在有得给你穿，你还不穿，好像跟谁摆架子似的。你看，我往后不买好鞋给你穿了，我买了去送唐姑娘穿！"

唐姑娘，瘟娼！他买鞋，买什么给她我都早知道，连他要娶她我都知道了，还用着他这时候用这种方法来向我表示吗！

我真羡慕连小姐，虽然她穿得朴素，钱用得不宽敞一点儿，但是她不用别人的钱，她什么都自由，她的身体和一切都是自己的。即使往后结了婚我也要劝她不要靠丈夫，还是自己做事。

四月二十日

这向只管生病，肚子又一天天地大起来，×长大概是觉着我憔悴了，竟然连着几天不回来。不，据说是他嫌我老了。人家都说和男人接近多了的女人往往在年轻的时候就衰老了。

把女人当作狐狸精去玩的是男人，等到把她们玩憔悴了，扔弃到黑漆漆的马路上的也是男人。听说×长现在要娶一个十九岁的姑娘。

我想孩子生出了以后，决计到杭州去找九姨，叫她介绍我进产科医院去学看护，或者进妇女补习学校，或者……无论如何这×长的太太是不当了！

男人厌弃了一个女人，她生的儿女大概总不会讨厌的，儿女也是他生的，不是女人带来的。连小姐说叫我达观一点儿，带着小孩子的女人是没有地方去的；我想走的时候和×长先解决了这个问题，反正是我自己生的孩子，往后是有权利来看他的！

四月二十五日

陈妈和我说，昨天×长告诉老太太，叫她劝我现在就住到病院里去。据昨天王院长说：我的身体太坏；因了精神上的过分劳动，现在已经趋于歇斯底里状态了。并且得过子宫病的产妇，最怕的就是流产或者早产。

×长还说假如我不肯进病院的话，就叫老太太向我把病势说重些，说我需要和异性隔离，作最清静的休养。

"歇斯底里，子宫不健全"，我自己还不知道，要人家向我过分地夸张吗？我是最希望早一天进医院去，离开别人的家！更希望流产，流产以后可免除母性的负担了。谁都知道，离了婚的女人，最难生活的就是生下了儿女。因为儿女不是国家和社会的，是父母的，父母破裂了感情，儿女就会不幸，而最关心儿女的多半不是父亲，是母亲。

四月二十八日

今天上午搬进医院来了，陪我来的是陈妈。平常在家里陈妈不敢告诉我的话，到医院里来她统统都告诉我了。今天从进院起直到现在，她几乎和我谈了一天。有些问题我觉得太简单的，她却流着泪，替我叹息。有时候我觉得是使人太难堪的事体，她却觉得平凡。

她告诉我，她初到许多有钱的太太们那里去做工，时常看见那些太太们哭哭啼啼的，她总觉得越是有钱的太太，越是"人心不足"，有那么多的钱花还觉着苦，还要和老爷闹气。假如使这些太太们都变成她们娘姨一样，嫁了一个穷丈夫自己出来当奴才找饭吃，那不都上吊了吗？当太太的是太强霸了。后来看久了，才慢慢地知道一些太太们的苦了。太太们比娘姨好的地方就是钱用得多一些，受气和碰钉子还是一样的。

她说着这件事的时候自己又哭起来了。她说起她从前怎么样当童养媳，怎么样被人骂是男人的娼妇。在家里耕田的时候为了

20

生产又受了些什么苦。现在丈夫有了姘头，不要她了。她说着顺便就示意我：这次×长送我进医院来，往后大概是不会再接我回大公馆去了；说是在我产后替我在外面租房子住。

这话在最初听见的时候似乎有一点儿觉着不自然，但是头脑冷静了一点儿以后也没有什么。这不是我一个人的下场呀，是女人们的下场。

五月廿九日

一个多月没有写日记了。医生说我现在已经是很厉害的"歇斯底里"，叫我在生产前后要特别的休养。这一月来他们什么事都不让我干，信也不让我写，连笔和墨水都拿走了。昨天我说要给父亲写信，才骗了一支铅笔来。但是陈妈整天总监视着我，其实这种监视对我有什么益处呢？就是一年不写日记也不会医好我的任何病。

搬进医院里来，今天是最清静的一夜，也是最寂寞的一夜。王太太不来看我，连小姐也不来，连陈妈也被老太太叫了回去，直到这时候还不来。

纱窗里印进来的梧桐树影子，像是在告诉人：夜深了；告诉人：世界是寂静的；告诉人：生活走到了尽头；同时又告诉人：虽然是深夜，是漆黑的深夜，但是，在梧桐树的影子里，还映着明月，在仰望着那明月的当中，还有着清醒的而且在挣扎着的人！

六月十二日

春天，那可爱的春天是早已过去了。在那快活的春天里，有人快活，有人苦痛；有些人是在天堂，有些人是在牢狱。有人是自由的，有些人竟是奴隶。我是在牢狱中，且当着奴隶，而过了那别人快活的春天！不，大凡女人们都是和我同样的。还有比我更不如的那些找不着饭吃的女人！

孩子天天呱呱地哭着，张开嘴找寻奶吃，她要活，要成长。她还不意识到自己将要成长到一个不幸的女人！

六月十三日

这几天我自己没有了乳汁，奶姆又别别扭扭地雇不好，孩子病了。还听说×长要叫我们这几天就出医院，搬到新租的房子里去呢；总算医生告诉他：我和孩子身体都不好，目前出院是有生命危险的，×长才不打发人来催我们出去。

在这种社会里，女人是属于男人的，孩子是属于父母的。被男人弃了的女人便没有地方去，父母不管的孩子，便不能长成！

我记得曾经听见有人说过一个故事，说是在有一种社会里，女人不靠男人可以在社会里生活，替社会做事；要恋爱的话也随时有她的自由。没有父母的孩子，也有国家机关抚领，把他们教养成人。但我听的是故事，也有人说这是事实，不过我想着空论如何这是有道理的，大家都应该这样去办。据我目前看见的这些什么慈善堂、婴儿院，都是没有用的，不能活的女人和流浪死亡的孩子每年何止千万？

六月十七日

这几夜我都在梦想着：梦见我非常的自由，我跑到一个机关里去，把我平时所会做的事情都做给那机关的人看，他们非常欢迎我，说是要把我的孩子送到一个非常好的寄养所去，叫我就在那里替他们做工作，他们每月给我薪金。我还可以在休息的时刻去看我的孩子，拿我所赚的钱替她买玩具、买糖果。当我做着这样的梦的时候，我总是被一奇怪的声音扰醒，原来是孩子在我身旁啼哭。

现在我是病着，病得几乎不能动；但是假如我所梦见的那天国是真正的能被人创造的话，我就是病着也要起来去参加创造的，即使我为着工作而死了的话，使后来的女人幸福也是好的！

六月十九日

昨天我因为体温太高，把我所想的都糊里糊涂地说了出来。医生因此说我神经有些变态，我觉得我没有失常，不过事情想得太远了。我所认为对的，人家说是疯狂。不，只是男人认为是疯狂罢了。许多女人都没有说过我这是疯狂的思想！

今天的日记没有写完，医生打发人来要收去我的笔了。他硬说我神经已经发生异常的变化，要叫我毫不用多想地养息！

好吧！你们收了我的笔去，算是你们胜利了。反正是你们的世界，在别人的世界里活都不得痛快的。日记当然是更不能写了。现在没有别的，就是我好好地静养，养好了病，再来和你们算账！算好了账之后，我再也不当病人，也不当姨太太！

（原分五节载 1935 年 3 月 24 日、31 日，
4 月 7 日、14 日、28 日《申报》，除首节署
名露露外，其余四节均署名关露）

倒　闭

一清早，太阳刚从那临马路的玻璃窗面前，穿过一大堆鲜红的苹果，直射入那半旧的白漆柜台前面的时候，陈鹤便已经整洁地穿上那白布围裙，靠在柜台上用一只手托住下巴，向门外面的过往行人找寻他的顾客。

早晨八点钟到十点是他门市兴盛的时候，切面包的刀子、绞肉的机器，还有，算盘、铜板，各种声音交错地响着。等到太阳把全个铺面都快要晒满了的时候，仿佛这阳光的热力可以打破一切的声响，可以驱逐一切为主人们所厌恶同时又希冀的嘈杂，铺面里的一切便都变得寂然宁静了。

早市完结了的时候，陈鹤便从老婆手上接过一碗水煮的面条，这样进了他的早餐。

陈鹤是一个典型的朴实而本分的北方人。在沈阳战后携着老婆和女儿逃亡似的来到上海，把从前在哈尔滨营商的积余，和从同乡们那里得来的借助，集拢来开了这一爿露松商店。

这商店的房子是一座三层楼的，陈鹤学习着许多开小商店的方法，自己租了房子，把全个楼面都租让给客人，他却带着老婆住在铺面背后的楼梯旁边。

"这房子不能再空下去了。一月九十块，三九二百七。第三个月又要完了，老陈?"

在这样的时候，陈鹤总是一言不发，两只手背到后面那两根白围裙带子的交叉点上，眼睛皱锁着，眯成三角形；从原来靠着半边身体的柜台上，踱到大门外面，他深深地瞭望着，在倦人的下午，在春天。他望着对面，看着从那所宏大的住宅中伸出围墙外面的树木；那青翠、忧郁，使人感着倦疲而又兴奋、失望而又抱着无限企求的幽绿的树林。他望着许多卖花的和卖鸡蛋的小贩，为了抢不着生意而愤怒，乃至于互相殴打的人力车夫。

每逢看完了这许多东西，最后他便照例地踱到这所房子所属的弄堂旁边，在那贴了许多红纸帖的租帖板上寻出自己的帖子：是不是仍旧清楚明白，有没有被风雨弄坏了，或者是被别人的招帖掩盖住了？这不是久空了房子的陈鹤特别关心，是许多红纸帖的主人们所必要注意的。

不错，纸帖在那里的；通红，整齐，没有破绽。通红整齐的纸帖子，这又使陈鹤焦心了。

"生意不好，不能维持房租，房子空着是不能维持生意的呀!"

他想起了这两句话来；这并不是他创造出来的逻辑，是四十七号那爿商店的老板向他说过的。

陈鹤焦虑了，忧愁的影子浮在他乌黑的脸上。

陈鹤是一步不外出，从早到晚总系着那条白布围裙，看守着铺面，看守着那两层可爱而空洞的楼房。

下午空了的时候他便是一桶水、一根拖把、一块抹布，从桌子到地板，从窗户到门，殷勤地洒扫了两层的楼房。

当他洒扫的时候，他总幻想着：不久将要有住这屋子的客人搬进来。搬进来之后，他便帮忙着这客人布置，那里搁床，搁衣厨，搁书柜；那里搁写字台、梳洗架，还有，那放着花瓶的茶几。这些都是他从前帮着人家布置过的。这房屋确实是精美合用，适于一个中等资产者的住居。

这天晚上陈鹤刚睡到床上，便听见外面按铃子；开了门，他那慷慨而漂亮的客人搬来了，真正搬来了许多的东西。还有是他不曾想到的，便是那一个美丽而年轻的太太；这不成问题的是这位漂亮的男主人的妻子了。

陈鹤便真正替他们布置好了屋子，拾去了搬家时所必有破纸之类扔弃的东西。

这客人房里摆着的一张美丽的衣橱，也比他白天想象的漂亮，橱镜面前站着那天仙似的女主人，从她手里便递给了陈鹤这一个月的房租。

陈鹤快活了，他想着，现在铺面可以维持，大房东也不会来封门了。这时他耳朵边呼呼地一阵响，他醒了，看见自己是睡在楼梯背后；苍黄脸子的女人，站在床头间的方桌旁边，呼呼地打着汽炉，预备烧那煮面的开水。从厨房的窗子望过去天色已经是微明了。

这天下午真的有一个看房子的来；陈鹤领着他，楼上下看了一遍。他一面看着，一面向那客人指说着：

"这是浴室，这是厨房，那是晒台。……"

"多少钱？"

"前楼三十块，前后一块儿四十。"

"太贵！"

26

"不贵，先生！我们自己租来还要合这么多钱呢。先生，我们收房租只要能够本，能维持铺面，我们是不想靠着房子赚钱的!"

"现在新房子造得多，旧房子不值钱，我看你还是便宜一点儿吧，不然，老空着是更要亏本的!"

这看房子的是一位绅士，也许还是一位经济学家，这时他带着很了解市面经济的神色劝陈鹤把房租减低一点儿。

"您的话对，先生，但是新房子虽多，旧房子还是不便宜；假如真是便宜的话，我们做小生意的倒可以住大房子了。我们两口子现在还是睡的铺面后边。"

"那么，你宁愿空着也不减价吗?"

"太亏本是不能够出租的，我们都是按照公司里的价钱，公司里也空着不少的房子呢!"

"好吧，明天再来吧。"

"您先生真来吗，真来我便等您。"

"一定来。你可以等到上午十点钟，过了时候就不要等。"

第二天早上，不到十点钟光景，后门的铃子响了。陈鹤想着，今天一定减少两块钱租给他，省得老空着，不能付一点儿大房东的租钱。

他把门开了，他企望地。这时来的不是昨天那看房子的，来的是荣记经租账房，是这房子的代表主人。

"这里一封律师的信，请你付我们两个月房租!"

肥大而凶狠的账房，那摇晃着的身子全身都附带了严重的使命。

"先生，可以再迟一月吗？我们房子空了四个多月了。"

"哼，有这么大一个铺面会付不出房租吗？房子让你们白用的？钱是白赚了吗？"

"没有生意，先生。近来开这种铺子的人多了，但是买东西的人少了。我们靠这铺子赚钱还是两年以前的事呢！近两年来都是赔本，没有赚钱的！"

"好吧，那你的铺子不开行吗？"

"借了债不能开铺子是没有办法的。"

"好吧，再会！"

春天快要完了，陈鹤对面那所大房子里的树木更苍翠地伸出在围墙外面，好像在向着人们表示它们的欢欣，又表示它们的忧郁。

早晨的太阳更温暖地射进在铺面的玻璃窗里，但窗子面前已经没有了大堆鲜红的苹果，没有了悬挂着的牛肉，也没有了烤得又脆又黄的面包。

陈鹤弯着腰，收拾着破烂的残余的物品。他已经不是曾经做过他铺面的这房子的主人，在他的腰里也没有了那条紧系着的白布围裙。他那乌黑而苍老的脸庞，比从前更加苍老了。

（原载 1935 年 10 月《生活知识》创刊号）

仲夏夜之梦

当树叶子由浅绿变成了深绿的颜色，在黄昏的急雨之后发着醉人的浓郁的香气，苍蓝的天空上飘逝着被清风追逐的白云，白云刚逝去以后便闪耀出粒粒的繁星的时候，我便有一个感觉：这是仲夏夜了。

仲夏夜是一个美的而带着梦一样的神色的时期。在这样一个像梦一样的时期中，人们也容易想忆起梦一样的事情。

那一年，在一个仲夏的日子，我和我的朋友青芝住在有名的吴淞海滨上的一个小房子里，一个构造得极其简单的、渔人的住宅。

我们到那里来的目的是消夏，所以我们并不很注意房子的内观，我们所需要的只是海水、海边的太阳与树林里的树叶子香与海水混合的空气。

自从到那里起，我们每天总花一大半的时间在海边跟树林里，或是靠我们小房子不远的海滨旅馆里。这旅馆是当时吴淞的一个有名的现代化的小旅馆，里面精致而舒适；有都市旅馆的方便而没有那样嘈杂。那个旅馆建筑在海的对面，从窗子里边可以看见绿色的海水。住在这个旅馆中的客人不多，大概只是几个大学里的教授跟刚返国的留学生。因为普通旅客觉得这旅馆租价太高，爱挥霍的客人又嫌它过于僻静，不够他们去做那些繁华的消遣。

在这个旅馆的旅客中有一个我的朋友，他叫陈灿，一位大学教授，是从大海的南面来到上海旅行，到这里来消夏的。我们每天除开到海滨外便来拜访这位主人。

陈灿除开是一位大学教授而外，还是一位诗人，除此以外还是一位考古学家，一位有丰富的著作与诗的感情的少年。他是我的朋友，但是跟青芝方面，那是有着更佳妙的关系，这意思是说，他后来跟她演过了美妙但是悲剧的故事的。

在我们来到海滨不久的一天，陈灿接着广东某大学的电报，催促他即刻回去，为着这缘故他决定明早乘车返沪，去作海上的旅行。于是我们决定大家在海边上过一夜，不回去也不睡眠，作一个临行的纪念。

这天晚上，月亮的影子刚从海边升起，星星还不曾争斗过落日的余晖而显现出来的时候，我们便到海滨去。

我们到海边的时候，陈灿已经在那里。他穿了雪白的白帆布上衣跟裤子，带了一个大的藤篮子，篮子的颜色跟他的脸印在一起，更显得他的脸色苍白。"他是一位文弱的书生啊。"我自己这么想着。

"你把行李都带到海边来了吗?"青芝好像在讥笑他，指着他的藤篮子。

"你们打算饿着肚子过一夜吗?"陈灿也答复了她一个讥讽的微笑。然后打开藤篮子，拿出一瓶汽水，又说:

"这就是我的行李啊!"

青芝显示出了一个嫣红的微笑，然后向我说："我们多粗心啊，连一个水果也没有带来。"我没有说什么，心里赞同了她的话。

这时明月已经上升，繁星在天空中眨着明亮的眼睛，像是在庆祝，同时又在讽刺着人们。

我们没有另外选择地方，就在刚才坐下的那个海边安定下来，铺开每个人自己带出来的一条绒毡，准备过去这个仲夏的晚上。

原来我们都预备了很多的话，要在今天晚上说。我们要谈诗的问题、哲学的问题，还有恋爱的问题。我们预备要在这个整个夜里把我们平时要谈论的东西都作一个结论。但是当预备开始谈论什么的时候，因为头绪太多，便无从开始了。最后我们决定先讨论恋爱问题。但是恋爱的问题太广泛，夏夜却太短促了；于是便决定由陈灿给我们讲述一篇都德所作的、带着一点儿恋爱情绪的"星星的故事"。这故事是写一个牧童跟一个乡下姑娘在星星的夜里，坐了一夜的带着充分罗曼蒂克的情绪的事情。陈灿本着他对于法国文学的兴趣，在他跟日光一样的苍白的脸上现了一阵微笑，故事便开始了。

故事说了一半，夜也过了一半了。我们觉得有些饥饿，便打开陈君的藤篮子，拿出汽水跟蛋糕，吃了一次午夜的茶点。这时天空晴朗得像雨洗过的，星星跟都德的故事中所写的一样散发着热情的光芒。陈灿讲到故事中的年轻姑娘的时候，他自己的眼睛里也闪着星星一样的光辉。在这时候，我看着青芝，她的脸上显着微红，困倦的嘴角上带着微笑，她的眼睛也发着异样的光彩，在月亮的引导下边，他们两个的明亮的眼睛接触了。

这时我很想避开，我想他们两个一定要说一些跟他们眼睛一样的热情的话。但是我终于没有走，第一我觉着在那种场合里我一人要求走开是一种粗鲁跟不礼貌，其次，假设因为我的提议三个都分散了，那却要拆散别人的美满相遇了。

故事还不曾完结我就觉得非常疲乏，便躺在我自己的绒毡子上。这时月亮已经高升，夜风带着腥咸的味道从海面上袭来。海波呼出钢琴键子似的声音，远远的树林里送来袭人的香气。疲乏使我便睡着了。星星的故事如何发展，什么时候讲述完结我都不曾知道。但是我记得，当我醒来的时候，他们两个还是坐着，只是坐的地方移动了，他们背向着我，青芝的颈子倚靠在陈灿的臂上。一个仲夏之夜完结了。

第二天一清早我跟青芝把陈灿送到火车上。当火车开动的时候我发觉青芝的眼角上有一点儿发亮的东西。我没有跟她说话，我心里暗自为他们祷祝，希望他们之间会有一件好的事情。

过去了一个秋天与一个冬天，我从青芝的信上知道她与陈灿订了婚约。在这一年的暑假里他们要在上海举行婚礼，然后同到海外去。并且从青芝给我的信上，我知道他们两个的心里正像海浪一样在热烈地相爱着。

这个暑假里，大考刚刚结束我便从南京赶到上海，为着参加他们的结婚典礼与送别。

原来，在每个暑假我都来上海，在来上海以前，我一定有信给青芝，况且我要把来的那个日子告诉她，使她来车站迎接我。这个暑假我没有这样办，我知道她一定为着结婚与准备出国的繁忙，没有来迎接我的工夫。况且在事实上已经是如此，在我离开我的学校的两个星期以前，她就跟我断了音信。

然而不管怎样，我是快乐的；我是抱着新鲜和喜悦的心情来到这里。来了上海之后我照例住到我的另一位朋友李君家里。由于旅行的疲乏，我在李君家里休息了一个黄昏跟一个早上，午饭以前我便到一所幽静的住宅里去访青芝。

到了青芝家里我看见了青芝的母亲。一位快要结婚的女儿的母亲，她是应该像过新年那样地感着新鲜而快活的啊！但是眼前的事情仿佛跟我过去所想的有一点儿变异，她的脸上一点儿也没有新鲜跟愉悦的感觉，好像她犯上了一些悲哀的事件。

"青芝在哪里？"我问她。

"上医院去了。"她踌躇地回答。

"她病了吗？"我又问她。

"她很好。陈先生病了。"

我正要继续问她一些关于陈君的病情，青芝回来了。在这时候，自然，我要谈话的对象不是青芝的母亲，而是她自己。但是我还没有打算先跟她说那一句话的时候，我看见她的脸色苍白，她的微肿的眼睛里流出了眼泪。

"陈先生怎么样？"我问她。

"神经错乱了！"这时青芝已不能支持她心中的悲苦，她呜咽地哭了。

我的情绪杂乱而兴奋。在杂乱的情绪中我想到很远，从很远的地方想到去年的吴淞海滨，然后我感觉到海滨的事情竟成为一个不祥的开始。

房间的四壁，都是寂静的，红色的太阳，闪耀在挂着帘子的窗外，像在窥探与讽刺着人们。

青芝的母亲的脸上显着焦急与久经世故的冷静，她用与她神情一样的冷静的声音向青芝说：

"宝贝自己的身体吧，陈先生就是不生病也是有一问题的！"

我没有问明白陈灿的病的来源，但是从她母亲的神态与言语里，我知道是怎么一回事。青芝的父亲愿意她嫁给一个南洋的富商，对于陈灿的事情他有毁婚的意思。

第二天一清早我便到医院里去看陈灿。我走进他的病房的时候他正在进他的早餐，显然因为不能辨认我而不曾与我招呼。经过我自己向他说明我的姓名之后，他才仿佛地记忆起我来，但是在他苍白而善感的脸上露出一丝病的微笑之后，又不复辨认我了。从这次以后，为着对病人没有好处，我也不再去看过他。

暑假尚未完结，青芝受了父母与朋友们的劝告与催促，她抱着眼泪与悲哀开始了到外国去的旅行。随后我也因我的学校离开了上海。

本来，由上海去南京是可以乘火车的。但是因为想着长江的江色，那次我便坐了轮船。

我在一个清早上了轮船。上船以后，由于寂寞与疲乏，直到开船为止我都睡在我的舱位上，也不曾去用午餐。过了下午，我忽然想起我所想象过的长江的岸与夏日的光波，我便从我已经久困的船舱中出来。出来之后，我想找寻一段寂静无人的船栏，在那里多站一些时候，让我的思想融合在泛着波光的江水里。

最后我寻到了一段船栏，的确静得连一个过路的人都没有，只在隔着好几个舱门那边站了一个白西装的少年，他也像是在那里看望江水，想在江水中寻觅他所想象的东西。

我凭着船栏站了一会儿。将落的夕阳映着江水，使波浪成了金色的鳞甲。江岸上的杨柳稠密地排着，像一顶绿色的帐子。看着这些江南的秀丽，人们立刻会掀起一种轻松和愉快的情绪，绝不像北方的憔悴的山脉跟南方的惨淡无边的海面，给人一种悲哀与愁闷的感觉。

我立了一个较长的时期。渐渐地，岸上的杨柳与水面的波光都现出了模糊的形状，江中的渔舟，撑起了帆篷，现出迎着晚风归去的样子。天色已经垂暮，一切都隐入苍茫的黄昏中。

觉着身上有些凉意，我打算回到船舱里去。刚转过我的身体，我看见站在那边的那个白西装少年也像有着跟我一样的打算而掉过脸来。这时候我的神经上起了一个新的震动，因为这位少年，正是那个可怜的、神经错乱了的陈灿！

"你到哪里去？"我走近他而问他。

"回家去。"他像是认识我，并且明白我的问话。但是说完话之后他并不走动，仍旧低下了头，沉默着，看着江水。

"你久不回去了吗？"我又问他。

"四年了。"他答复了，脸上露着微笑。这时他的旁边走过另一个跟他有着相似的面貌的少年，扶着他进舱去了。在他转过去之后，我望见他的背影，看见他无力的两腿跟非常污垢的一身白布西装，我又想起了海滨的事情。

第二天早上船便到了南京。我心里念着他，但是为了下船的仓促，使我没有多余的工夫找到他的舱房去告别。从那次起我也就不再看见他了。

陈灿跟青芝是在自由恋爱的意义下获得了感情上的结合，但是在一种商业资本主义的婚姻观念下他们演了悲剧。我一直想着，青芝自然是悲哀的，但是她已经踏上了新的旅途，对于自己可以做新的创造。陈灿是因失了健康而回到故乡去，自然他的悲哀是远胜于青芝的了。我不知道陈灿后来究竟怎么样，如果他竟因此而成为不可医治的病症，那我便祷祝他因神经失常而忘去一切的往事。如果他还能恢复健康或者还能够悲哀的话，我希望他把悲哀变成愤恨，但是不要愤恨青芝的父亲，要恨那支配跟影响青芝父亲的思想与行为的那个看不见的东西！

现在又是仲夏的时候，因此我忆起当年的像梦一样的仲夏夜的海滨，与那个仲夏夜的海滨有关的人们的悲剧！

（原载 1942 年 7 月 15 日《女声》1 卷 3 期）

一个牛郎的故事

现在好像快要到七夕的日子了。因为快要到七夕，我便想起了我曾在这一天中听来的一个故事，故事是顶真的，不过与七夕这个日子的本身没有什么关系。

我幼年时候的一年，一个七夕的日子，我跟随我的一位堂房的叔父跑到一个乡下去。那次是为了什么跑到乡下去我不知道，现在想起来大约是因为什么田庄与租稻一类的事情。

那是一个穷苦而偏僻的北方的乡村。从我们所居住的城市到那里去没有火车，更没有现代都市所流行的用汽油开驶的车辆，到那里去的人不是用腿走便是骑骡子，讲究一些的就坐骡车。当时我们是用讲究一些的方法，所以我们是坐骡车去的。

从城市到那个乡下，用骡车要走八小时多的工夫。我们在早上八点钟起程，下午四点多才到那里。如果我们要当天回来，即使到了之后立刻就向后转的话也要在夜里十二点以后才能到家。为了这个原因，我们所到的那个田庄的老农妇在一见面就留我们在那里过宿，我们也立刻同意了。

七月虽是秋天，但是盛夏里遗留的残剩的暑热还不曾完全退去。特别那年的夏天是一个干旱的夏天，一直到七月为止，耕种的人都不曾得着一次使稻田能够起死回生的雨水。这也是使那个初秋特别热的原因。

我们到了那个田庄之后就吃晚饭，晚饭以后叔父跟几个农人出去，大概是去办理关于农田一类的事情。在他回来之后我已经躺在床上（那里没有床，是用木板搭起来的长铺），在几只蚊子哼哼跟老太婆的呼吸监视之下睡着了。

但是我实在不曾睡好，因为除开蚊虫之外，房中的窒闷与不洁的空气使我时时从梦中醒来。直到窗子发白，我感觉异常困倦，预备重新入睡的时候，忽然听见院子里大叫一声，然后一阵使人听不清楚的咒骂，与赤脚跳碰的声响飞越到我们的窗子下来。我觉得非常恐惧，像将有一种大祸临到我头上一样地颤抖起来。接着隔壁房间里立刻有了咳嗽跟洗脸的声音，老农妇在梦中说了一声"浑蛋，小杂种"，之后也从床上滚下来了。接着，在一阵惊扰中叔父也跟那个老农人进来，进来之后，我亲眼看见那个农人把躺在我们窗下这个年轻的，但是面目枯槁的疯子拖到隔壁的院子去。同时在我们房中的老农妇的嘴里故事便开始了。

老农妇并非乐于叙述这样的故事，但是如果有人询问她，她也不讨厌用悲哀而慨叹的情调去叙述。她不但叙述而已，而且要述得事事周全，对于事物本身没有一点儿遗漏。于是在我的叔父简单地询查了那人的姓名状况之后，她便仔细地叙述起来。下面是我从她的叙述中大约记得的事。

那个疯子是老太婆的儿子。因为他从生出来头上就长满了白头发，因此人家都叫他"白毛"。他在八岁的时候就开始为人们而工作了；他的工作是早上把牛牵到草地上，晚上把牛牵回来。他虽然年纪不大，但是他有比他大三倍的人们那样大的勇气。他在冬天的时候不怕冰跟风雪，夏天的时候不怕像火一样的太阳。因为白毛是一个富于想象的孩子，想象会使人增加恐惧，但有时也会给人们快活。他就是一个想象中得着快活的孩子。当他在冬天的早上，穿着单薄的衣裳骑在牛的背上，北风从他的两边吹袭着他的毛孔的时候，他便想象着有烈日照耀着的夏天。当他的脸与身体浸在汗里，炎热的太阳把他的皮肤晒得快要裂开的时候，他便立刻想到他在冬天的时候埋在雪地里的双足，或是在很轻易地被北风穿透过的衣服中，那快要僵裂的身体。在这样的想象中，他便一个春天又一个秋天地过去。没有任何东西可以威胁他，他也决不怕任何威胁。他也不怕鬼，他可以一个人在黑夜里到田里去拾草把，在朦胧的黄昏中去打扫牛栏。如果有人恐吓他，说是黑夜里有鬼的时候，他便直截了当地回答说：

"操他奶奶，俺没见过！"他没有科学的认识，绝不是以为"鬼"是一种迷信的说法而不相信。他的不相信鬼的原因是他不曾见过鬼。在他的观念中他也想过，鬼也许是很可怕，因为比他大很多，乃至于在他面前自以为是了不起的人物都说鬼是可怕的。不过在他的直感上与其说他怕鬼，宁可说他更怕那些能够直接侵袭他皮肤与肉体的东西。这就是说，当他到田野里或是山上去的时候，一条蛇咬了他的足踝，或是他的父亲在佃主那里受了欺负，用大块的木柴抽打他的时候，比黑夜里有鬼这件事可怕多了。因为从早到晚，他除开忙碌的工作就是吃饭与睡觉，绝没有闲暇的工夫去害怕一种只是在幻想中可怕的东西。

白毛就在这种把牛牵出去又牵回来的生活中过了他童年的光阴。到了十五岁那年，他父亲向他说：

"你也该出去学习一下才好啊！"

于是他便被他父亲送出去了。

他所去的地方就是他父亲的佃主家里。这个地方对他是陌生的，但是他对他第一天承受的那份工作却非常爱好，这工作正是他所熟习而精练的看牛的事情，于是他又开始了早上牵牛出去、晚上牵牛回来的生活。到这里来以后，他的生活大部分都与从前一样，只是有一件事使他感觉特殊：就是他在家里的时候，他睡在他母亲的隔壁房间里，现在他却睡在牛栏的隔壁房里。对这件事他虽然觉得有些奇异，但也没有什么，他只想过一次，"大概是这条牛的性格特殊，夜里需要看管"。这就完了。除此以外，什么都是对他平静无事的。

除此之外，对他的生活他感到快活而有趣。因为除开看牛之外，他还结识了许多新的朋友，这些朋友都跟他一样，被主人用十五或是二十吊钱一年雇来的。他们每天一块儿到田里去工作，晚上在牛栏旁边睡觉。有时他们一块儿玩耍，说故事。

在这样的生活中又过去了两年，他的生活有发展了。有一天，当白毛和他的同伴都坐在牛栏旁边，吃他们的晚饭的时候，他的同伴中的一个顶小的孩子，他的名字叫小狗的，问他：

"白毛，你几岁了？"

"十七岁。"白毛回答。

"十七岁了？可是你还没有老婆呀！"

"撩你妈的蛋。"白毛对于这句话，一半儿感觉新鲜，同时又觉着脸上有些火辣辣的。

"呵呵，我哥哥十六岁就养了孩子，你，你今年十七岁啦，哈哈！"别的孩子也哄在一起笑了。

这天夜里，白毛感觉兴奋而不能入睡，小狗虽是十分疲乏，但是因为白毛在不断地翻身他也睡不着觉。小狗子虽是一个十四岁的孩子，但是他的聪明跟老练却像一个大人一样。他知道白毛为什么睡不着觉，但是因为白天白毛用不好的话损过他，他这时也假装睡着，不发一语。他想："我决不问他，要让他自己说他的心事。"

"小狗。你还没睡着哇？"白毛问小狗。

"唔，干吗你还没睡着哇？"小狗偷偷地在笑。

"如果你不想睡我就要跟你说话啦。"白毛说。

"有话就说！"

"我问你，你的嫂子好不好看哪？"

"我的嫂子呀，她长得那么样，脸蛋像一个小白萝卜，配上她那一张小红嘴，白毛，连你看见你也要喜欢啦！"

"你哥哥真运气。你瞧，我哥哥今年四十岁啦，还是一个光杆儿。好看的人家不给。"

"那么就不好看的得啦。"

"难看的他又不要。"

"假设是你你怎么样？"小狗看出白毛的心事。

"我，你说我的脸蛋可以配好看的女人吗？"

"你呀，你可以配顶好看的。"小狗说。

"真的吗？"

"小狗才撒谎！"

"但是，你知道我们家里没钱，我要是跟我哥哥一样可怎么办哪？"白毛把声音放得很低很低的。

"笨蛋！你要等人说媒呀，那像咱们这穷光蛋只好娶一个母猪。要不然就学你哥哥当光杆儿。"

"那么怎样哪？"

"你要找好看的姑娘哇。叫我一声好听的，我教你！"

"好兄弟。"白毛叫了小狗。这时已经是午夜了，月光从木格子的窗纸上射进来，映到白毛的炕上，他的心上立刻起了一种梦一样的感觉。

"告诉你，"小狗从炕上爬起来，坐在炕沿上，"你知道我哥哥怎么得来我嫂子的呀？告诉你有一次，他走到山洼子去，看见一位邻居的姑娘在那里弯着腰拾柴火，我哥哥立刻走上去，嘴里说：'小姑娘，你多好看，我多么喜欢你，让我给你拾吧。'小姑娘望他笑了一下，自己坐在一个土堆上，把装火柴的篮子交给我的哥哥。……"

"后来怎么样啦？"白毛的眼睛里闪着挺亮的光彩，像在梦中一样地微笑着。头发也显得更白了。

"后来，有一天，她就变成我的嫂子啦！"

"这才好，有种！"白毛从炕上跳下来，拍了一下炕前的一张木板架，疯狂地赞叹起来。接着几个孩子都惊醒了。

老农妇的故事大概述到这里的时候，我的叔父看了一下外面的太阳，然后表示他听得焦急。这时站在旁边的老农人暗示了他的老太婆，叫她不要太啰唆，于是她就把故事结尾了。

故事末了是这样：第二天一清早白毛照样把牛牵出去，晚上又照样回来。当回来的时候，明月已经上升，主人的高大房子周围的树木都显出了清楚而悠扬的轮廓。白毛平日有一个习惯，当他每晚经过主人的房子的时候，他一定要把牛拴在房子前面的一棵大树上，自己蹲在树根下边，一面作自己的休息——因为从这里到牛栏去还要经过一条很长的路———面等候在主人的花园中工作的他的同伴，他们都是一同回去的。这时正当他把牛拴好在树上，预备蹲下去做他惯作的休息的时候，高房子旁边的花园里跑出一个十岁左右的男孩子，后面跟了一个比他大了四五岁的小姑娘。

"姐姐，我想你的耳环是在这里掉的！"那个小男孩子跟那个小姑娘说，于是他们两个都弯着腰，做出寻找东西的样子。

"姐姐，你等一会儿，我去叫花匠拿灯笼！"那个男孩子说过之后便像一条烟一样地穿进去了。这时候那位姑娘单独地立在花园的门边，样子显得急促与焦虑。这时正是一个暮春的晚上，天上没有一点儿云彩，月光像水一样映着树木与四面的田野。稻麦的香气由田野里升起来。白毛因为昨夜的兴奋与失眠，本来现在是感觉异常的疲乏，但是由于目前这个新奇的情景，他又重新兴奋起来。他抬起头来，一眼就看见立在与他相距不远的那个女孩子。她有两根乌黑的小辫子，月光一样的眼睛，梅花一样的脸，使白毛看见之后，立刻又起了梦一样的感觉。他心里想："大概天仙就是这么一回事。"他的心里立刻又感到纷乱，他想起昨天夜里的月光，他的失眠，想起小狗跟他说的话。

在梦一样的感觉中，白毛站起来，猛然地跑到那个女孩子身边，嘴里糊里糊涂地说道：

"小姑娘，你真好看，我要给你找耳环。"

那女孩子正在想着一些可怕的事，忽然看见一个白毛的孩子跑到她面前，她便像遇着灾难一样地大哭起来。正在事件的开头，小男孩子跟花匠从花园里出来了。

第二天消息传遍了全村子：小牛童白毛调戏了地主的外甥女儿。

白毛回家了，右面的膀子因为吊打的原因已经折断了。从此以后，放牛的孩子当中没有了白毛。村子上添了一个疯子。

听完了这个故事，叔父表示了深切的叹息与愤恨以后，我们便又坐上了从前的骡车，回到城市来了。

天上有牛郎与织女，他们之间虽然是一种爱情的悲剧，但他们终于成了眷属。人间也有多情的牛郎跟少女，但是由于身份的关系，人间的悲剧是更多于天上的。

这只是我幼年时的一个朦胧的回忆，我写下它来纪念我们今年的七夕。

（原载 1942 年 8 月 15 日《女声》1 卷 4 期）

新旧时代

第 一 章

在中国的北部，在许多素朴而美丽的城垣中有那样一个地方：那里，春天里有雪，秋天里有飞到南方去的乳雁；早上有赶着大车，从郊外到城垣里去的，戴着毡帽的运货者，夜里有顺着步法的音节的骆驼的铃声；有生长着青苔跟野草的破旧的城垛，有映着夕阳、铺着红色泥沙的古道。在我的幼年，人家提到那地方的时候，都叫它太原。

太原是一个泥沙比水多得很多的城市。那里，看不见河流，只看见生长在城市四围的山脉和土岗。在这些上面，就是当春来草长的时候，也是红色的泥土多于绿色的树木。

除开这样的情形以外，太原还是一个古老的城市。人们也是古老的，穿着古老的衣装，有着古老的气质。那些人民，他们知道劳动的时候歌唱，疲乏的时候睡眠。春天里耕种，秋天里收获。人们也是朴质的。

然而在这些朴质的人们之中却掺杂着许多另样人们的家庭，

他们有许多土地和山林、牛羊和店铺。他们不因劳动而歌唱，也不因疲乏而睡眠。他们总是悠闲而潇洒；他们把自己的生活寄托在那些歌唱的人们身上，因为那些人们正是为他们而歌唱的。

在这以外，还有许多另外的家庭，是从外面迁来的，他们以做客的方式在那里寄居。他们自己不因劳动而歌唱，也没有被人歌唱而生活的财物；他们是人民的官，吃的人民的税；他们自己认为是人民的保护者、人民的父母；是从远古的诗书中传来的礼义的家庭。

在这样一类的家庭中，有一个是在我的记忆里最熟悉的，也就是那样一个家庭，它使我生长起来。因此自从我有记忆以来我知道了这么许多故事。

故事是这样开端的：

父亲空闲的时候，总是在我们大家休息的一间大堂屋里，用他那双稍微带点儿八字形的脚散着平稳而缓慢的步子，嘴里嚼着槟榔或是抽着雪茄烟。嚼槟榔和抽雪茄烟成了他的习惯，在别人以为不必要的时候，他也是这样。抽雪茄烟好像是他的一顶最漂亮的帽子，当他抽着雪茄烟的时候，他的脸好像肯定地在说："我是一个上流人物。"特别当他和母亲说话的时候，烟圈一转一转地从嘴里吐出来，跟在后面的说话声音也显得特别坚定和嘹亮。

父亲在家的时候，母亲很少真实地笑过。有时父亲向她说：
"请客的帖子发出去了没有？"或者说：
"新来的厨子菜做得很好。"或是说：
"后院子的果子树长得真高啊！"说这些话的时候，她便用点头或两只嘴角上的微笑去作回答。

母亲时常用嘴角上的微笑去表示她内心的一切。从她这种冷静的微笑里常常使人看出她的智慧、矜持和委屈。她时常总是微笑着的。

我最不明白的就是当父亲抽着雪茄，母亲用嘴角笑着，他们那时就像是两位生疏的朋友的状态；我当时简直不能想象到，一定要有了父亲，母亲才会生我。

有一次，在我们家里的极平凡的生活中发生了一件可怕的事。那是一个春天的下午，我从一个幼稚园回到家里来。满院子铺着还没有融解完的冰雪。在房檐下烟筒里冒着的白烟，被狂烈的风吹卷向屋顶的后面去。父亲坐在堂屋右边的一张躺椅上，嘴里衔着烟卷，靠在椅靠上的右手托着额际，几条数不清的筋可怕地凸在流着汗的前额，看着那正在燃烧什么纸张之类的火炉。母亲冷静地坐在他的对面，那靠在一张方桌旁边的椅子上。

"从今天起，你不要管我的账了。谁家的账也没有我们这样糊涂，……账簿已经烧了！……"

"哗！"的一声，一个紫色的盖碗落到地下。跟着花瓶、闹钟、景泰蓝的槟榔盒子和条几上昨天早上才买回来的装着四条金鱼的绿瓷缸，都被父亲一样样地摔到地下。当时屋里起了一阵极猛烈的爆炸声，地板上淌满了水和碎瓷片子，金鱼在碎瓷片上跳起来。

我的身上好像有点儿触了电的感觉；但想着金鱼总不该老在地板上，于是我便伸手去抓一条跳得最快的金鱼，就在这时候，父亲从靠椅上站起来：

"滚开！"

接着"啪"的一声响到了我的脸上来。这是我第一次挨的父亲的打。我感到一种带着悲哀的愤怒，但是不敢说话，我想他因为恨那金鱼所以打我。

"你为什么打她，她是我的孩子！"母亲激怒地说，眼泪流到她向来表示微笑的嘴角上。

"你的孩子！是你带来的吗？你是我买的，四千两……"

父亲说话的时候，又一个白瓷盖碗被打到地板上。

"什么，你又提那四千两银子？你以为你说那个我就会怎么样！我觉得可笑，你难道不知道那是我舅父输给你的！"母亲嚷起来。

"输的？那是聘金！要不然，怎么他不还我？"

"聘金？大概你在做梦！"

"我现在替你养着母亲，娶老婆没有养活丈母的事！"

"养丈母？活该，那是你自讨苦吃！我早就告诉你我要去教书，你不让我去。我可以养活我自己和我的母亲。现在我要出去教书，请你不要干涉我！"

"不干涉？你知道，你是我的妻子，我现在做官，你出去做事，就是丢我的脸。"

"啊，说得多漂亮！你知道外国的妇女都有参政权，她们那些比你的地位高得多的官太太都去机关里服务。你要知道，你还不老，你的胡子还没有变色！"

"什么？……你，你说什么！我知道你中了那狗教会的毒，你向我谈革命。你可知道'三从'的妇道？"父亲的声音好像爆炸的鞭炮，额上的汗珠发着可怕的光彩，脸变成了紫檀木色。

"'三从'？可惜我的父亲死得太早，从来不曾守过，而且也不预备遵守！教会也不曾告诉过我这些，教会里说的都是命运，可是我并不相信命运。我是在中学里读过世界历史的!"

母亲的脸上很和平，嘴角上挂着坚决而讽刺的微笑。

"你的意思是要杀了我吗？"

"笑话!"

"要改嫁？"

"没有想到。"

"要向我造反？"

"这满屋子的东西都是你自己摔的，你不要闹错了!"

"那么你要怎么？"

"什么也不要，就是要做到我不是卖给你的，我要去教书，要你不干涉我!"

母亲的态度向来是坚强和冷静多于愤怒和柔和，她现在很严肃地说。

"请你再不要向我提这事体，我要疯了！……我不能让我的妻子去靠教书过活，不可以!"

父亲的样子像关在笼里的狮子，站起来又坐下去，我很害怕他要打我的母亲。

当夜父亲出去了，几时回来的我不知道。

从那一天起父亲在家里时常是这样：开始一个人坐在靠椅上嚼槟榔片和抽雪茄烟，然后便把槟榔盒和烟缸子扔到地下，然后带着征服者的神气用脚狠狠地踏上几下。有时一个人愤恨地说：

"我最讨厌念书的女人。念了书的女人是不认识丈夫的。"或者说：

"娶了老婆连家账都管不清!"

当他这样的时候，母亲总装作没有听见。

我时常要在这样的生活里过几天，当在这样的时候，我的心总是寂寞盖过恐怖。生了气以后的父亲和母亲，我好像是他们最讨厌的对象。

　　父亲除了用这样的方法发泄他的怒气以外，便是骂他的用人。用人在他面前都像小鬼。

　　有一次我们家里新雇来了一个厨子，他的家乡是河南，年纪有三十几光景，是父亲的一个朋友介绍来的。那天上午他被领来见父亲。父亲这天好像很高兴的样子，坐在他常坐的靠椅上，一只手摸着胡子。

　　"你会做什么样的菜？"

　　"嘻嘻，老爷，我做的是河南菜。"他说话时夹着几声谦恭的笑声，笑的声音好像小狗。

　　"唔，你会烧小猪吗？"

　　"烧小猪，烧小羊，烧鸭子，老爷，样样都会。"

　　"好，试试看。那是太太。"父亲说。

　　母亲坐在一张方桌面前，嘴角上带着微笑，看着墙上指到十一点的大钟。新来的厨子走过去说：

　　"给太太请安！"

　　他用右手和左膝并在一道行了一个打千礼，正把头抬起来要向后转的时候，父亲突然用爆炸似的声音说：

　　"浑蛋，滚出去！"

　　新来的厨子呈着可怜而又有点儿滑稽的仓皇的脸，两条腿像僵硬的电线木杆，颤动的下巴正要拉开，又缩了回去。

　　"是……是……老爷。"

　　这样的应声把他两条刚才进来的恭正的腿带着幽默的情调送

了出去。我当时实在不能明白，他们玩着的是什么把戏，我能想象得到的就是大概因为他那打千的礼行得不好，所以父亲不要他。

后来，有一次我们家里叫了一个理发匠，这理发匠年纪很轻，刚从学徒升到师父；使我特别记得清的，就是那时正是中秋的前几天，我们家里买了许多月饼，这小理发匠正有着一张扁圆和油腻的月饼似的脸庞。

他是第一次来到我们家里，我们家里的许多规矩他都不明白，没有等外面的用人进来通知，他便一来到上房里。

父亲本来在抽着雪茄，坐在他经常坐的堂屋右边的那张靠椅上，飘然而自负地和母亲谈着他从前在北京城嫖娼的故事，严肃的胡须上浮着傲慢的笑容，一卷一卷地从笑声中涌出来的烟圈活动着得意的样子。

不知几时他离开了座位，用他和平时一样的散步的步法走到门跟前。正当那小理发匠掀起门帘子，带着油腻腻的月饼脸的身体从门外挺进来的时候，一个不意中的耳光从父亲的手掌落到小理发匠的圆形的脸颊上。油腻腻的脸颊像刚烧好的小猪一样，起了一层兴奋的红色。

"谁叫你混跑进来？太太在这里……知道吗？……滚出去！"

小理发匠带着含悲的眼睛，转着祈祷似的身体，颤动着像那厨子一样的滑稽而悲愤的腿，把从门外刚进来的身体缩了回去。

从这次起我明白了父亲的意义，他是在相处着从像我这样一个孩子长大的女人，我的母亲。他的行为是应该要时时这样严肃的。

这是在一个新年里，这一年也就是我跟着父母一同生活的最愉快的一年。我们家里住满了族人，房子里和大门外面都悬满了彩色的灯，整天都看见父亲和母亲招待许多奇奇怪怪的客人。

　　在我们那些热闹的家族成员中，使我最记得起的有两个人，一个是有着细长的身体、白色的长瘦的脸颊、深藏而经常都好像在发誓似的眼睛，和嵌着两排雪白整齐的牙齿的红嘴唇的漂亮的少年，他是称我的母亲为继母的我的哥哥。他成年都不缺乏地带着父亲给予的钱，在外面过着漂泊的生活。每年他有一定的回家的时期，那便是他已浪费光了他所有的钱，因不能继续漂泊而必须要回来见父亲的时候。

　　他不但是我的哥哥，并且是我父亲的唯一的儿子。在他出世不久以前，因了喉症的流行，我的两个更大的哥哥在一星期中死了。在这时期不久以后，他自己的母亲也与他告了别。

　　因为这样他从幼年起就有着娇子的脾气。父亲对他的一切，就是不惜拿出最多的钱取得他的欢欣的一笑。母亲嫁给父亲的第三年，那时他已经是十六岁，有一天他忽然告诉父亲说：

　　"我已经长大了，我不能和我现在的母亲相处，在我看起来她是一点儿也不能照顾我的。况且太原这样偏僻，对我的学识毫无长进，我现在要到北京城去找一个适当的学堂。"

　　从那时起，他就远远地离开了我们客住在太原的家，而旅行到我们的故乡，那建筑了许多美丽皇宫的北京城去了。

　　"多美丽的城垣啊，在这样的美丽中时常使我忘记了一切，忘记了家，父亲，我也几乎忘记了你……"

　　有一次他写信回来这样说。

　　"这里，西山的月亮，北戴河的河流，那些散发着檀木香和覆盖着琉璃瓦的图画似的宫殿，和城墙上的梦境似的晚霞，这些，简直使我不会想到世界上会有沙漠，人会有疾病，有死亡。父亲，我也不会想到你会衰老，会疾病。父亲你永远是长寿的，和那梦境似的晚霞一样。父亲，我不想回来，看见晚霞就好像看见你……"

父亲每次接了这类信的时候，总是用两只手捧着，脸上带着和蔼而仁慈的笑容说：

"究竟是我的儿子，信写得多么漂亮！"

父亲说这话的时候，把他所有的快活都集中在他说话的声音里。

哥哥就在父亲这样的叹赏里，过着他丰裕的漂泊的生活。他这次回到家里，已经距离他开始出去起七个年头，他现在已是一个十足的成年的美少年了。他从前孩童的骄养子的脾气，现在也随着年龄的成长，而变为更顽强而老练了。

他爱拿许多别的人所不做的奇怪的事作为消遣。他会把很多很多的葡萄密密地钉在房间里的纸糊的顶棚上，使人看上去好像是葡萄架子。他平时很少发出有声的笑，只是当他把自己用过一次或两次的书扔到屋顶上，然后叫家里的仆人们去争着拾取，他们像争夺锦标似的爬上屋顶去的时候，他看着这样的情形，便会大笑起来。

在晚上的时候，他还喜欢叫一个十四岁的丫头去绕着园子走，把嘴闭得紧紧的再张开来，这样一张一闭地发出一种脆烈的响声，用这响声去代替打更。

除他以外我还记得一个人，他的名字叫海生，是我的一个伯父的儿子。

他和我的哥哥有着不同的性格和外表，他有成年被酒熏染着的红色的鼻子、浅绛色的脸、矮小的身材，和说起话来老像是失了眠似的沙哑的嗓子。

他一点儿也不沉默，他爱说话也爱笑。但是笑起来的时候总像是在忍着小便似的。

由于一个偶然的机会他和哥哥一起来到我们家里。起初他很喜欢找哥哥说话，当他开始很起劲地跟他谈话的时候，哥哥便把夹着微笑的嘴唇紧紧地一闭，"唔"这么哼一声，然后把原来在向着四面寻索的眼睛转向着天花板说：

"你现在可以出去了呀，时候不早了呀！"

这么一来便结束了他们两人之间的谈话。

海生虽然住在我们家里，但是他在外面的时候比在家里更多，如果他在家里的时候，他总要找着哥哥说话。

"你一向在北京城里干点儿什么事呀？……北京的茶馆好吗？"

"茶馆，唔，唔，有时候也去！"

"北京的戏院好哇！……去听戏了吗？"

"戏，唔，唔，有时也去！"

他们俩在房里谈话的时候，时常总是这样。海生歪着浅绛色的脸，鼻梁上伸缩着一条条的皱纹，嗓子里发着沙哑的笑。哥哥便用眼睛四面转着，从地板转到窗子上。

"北京的窑子很好哇！去过了没有？"海生有一次问我的哥哥。

"窑子？那样的地方！去过一次，呃，但是，去过一次，坐了一会儿。那……那真可怕，嘿，真别扭！"

哥哥摇着他瘦长的脑袋。

"哈！我当你真是一位风流的少爷哪！原来你是一个傻瓜，瞧你那份傻劲儿，说点儿什么哪，你。……你还不知道做人的事哪！人，嘿，就是要那样儿的，你会听戏，会喝茶，我瞧你倒怪可怜劲儿的，你就连喝茶也没懂！"海生摇晃着酒醉了似的脑袋，右腿架在左腿上，沙哑的笑声在嗓子里绕着圆圈。

"唔，我不喜欢那些事儿，况且我父亲就为这才喜欢我，他说我不像别的年轻人那样的下流！"哥哥严肃而抗议似的说。

"下流，好词儿！你知道，你父亲干的什么？他在北京的时候逛过九十几个。"

"真的？"

"问你爸爸去！"

"…………"

"你觉着怎么样？"海生笑着，脸上泛着一种敢于掘发人们秘密的矜骄的红色。

"不怎么样。"哥哥歪着脑袋。他分明在笑，但是保持了矜持。

"瞧你那份儿假正经。"海生说。他点了一支烟卷。

"卖的什么药呀，你？"哥哥说。

"我，没葫芦，也不卖药。穷待在屋子里有点儿麻里麻菇的，想出去逛逛。"海生站起来，用他的袖子拂了一下身上的灰尘。

"逛什么，窑子？一块儿去。"哥哥笑着。

"你，跟我走？笑话。瞧，损了你的架子。"

"就你会玩不成。"

"真的，你敢？"

"为什么？"

"好，这才有出息。"海生的脸越发泛起深红色的亮光。他站起来又坐下去。从衣袋里掏出一块雪白的手帕，拂着浮在他那黑缎鞋上的浅薄的灰尘。

"…………"

"走哇！"海生走到门跟前。

"好，不过……"

"瞧，又扯那穷架子了。……跟前没子儿，要么害怕花，是？"海生说。

"不是。"哥哥摇了他细长的脑袋，"花俩子儿倒没什么。怕回头爸爸，那挺什么的。"

"啊，怕你爸爸？告诉你了，他从前九十九个。你去问他，敢是我造谣。"海生拉起嗓子。

"那多缺！走吧。"

一个风雪的夜里，哥哥和海生都没有回来。第二天的下午我看见海生睡在会客厅里的一张紫红色的木榻上，两只眼睛哭得像醉汉。

"你叔叔的钱不是给你逛窑子去的，要逛窑子就得自己赚钱。……我只一个儿子，你害杨梅疮别把我的儿子也引去！听我的话就住在我家里，要不然就滚出去！""逛窑子"，父亲说着这术语的时候脸上做着很轻视的样子。

"我想这也没有什么要紧，叔叔也干过的。"海生用着叛逆的口吻，眼泪染了他脸上的诅咒着的红光。

"胡说！我，我是用自己的，我做了官。你这浑小子！"父亲愤怒地说完了话，用迅速而稳健的步子走出会客室去。

56

一个月以后，在一个天上还有着星的黎明，半圆的月亮笼罩着早春的寒冷的时候，大门口出发着一大辆载着行李的货车，从那天起海生和哥哥就从我们的家里不见了。

从那时起，父亲时常带着一种理智以外的不安宁的情绪。这种情绪的具体表现，就是起初把愤怒，或者近于愤怒的言语加在母亲身上，然后，经过了一种对于问题没有结果的争论，他自己又回复到矜持的和平里。

"做官，做官不是一件享福的事啊！身上肩着负担在卖劲，人家却把我看得很轻松！"父亲遇着不满意的事的时候，便发出这样的言语。其实他的这些言语并不是表示它本身的意义，他是要用这些言语引出另外的话来。

"谁是这样？并没有人把你的事看得很轻松。"在父亲说了这样话的好几次以后，一次母亲说。

"谁，就是你，你随时都在跟我别扭。"

"这不使人听了好笑吗？我凭什么要跟你别扭啊！"母亲说。她开始微笑着，但是刚开始的时候，她的面部又用另一种表情把那微笑否定了。

"叫你东，你偏西，就这么一回事。"

"这是什么意思？"

"什么意思，我叫你别跟那鬼教会学堂来往，你呢？"

"但是你儿子一点儿也没有听从你的呀！你说你从前可以嫖娼，他现在不可以，可是他一点儿也没有听从你的话。"母亲说。

"他，我的儿子，我对他是不曾想过听从的这件事。他是我的儿子，我不能管束他，他随时可以离开我，任他自己要干什么。他不跟我过老，他只是对祖先负着继承的责任。我对他的责任就是要他好好地活着。"

"啊，你不要我好好地活着吗？"母亲说。

"那为什么？这是什么意思，我自然愿意你好好地过活。但是也要听从我的话。你应该做一个良好的妻子，叫你的女儿做一个好的女孩子。"

做一个"好女孩子"。从某一天起，我对父亲这话起了好感。我以为父亲很对，父亲比我更爱我的母亲。我无论如何应该听父亲的话，因为我早知道父亲在养活着我们，母亲没有能力买给我的东西，父亲什么都可以给我。就从这点上，我时常以为母亲也应该听父亲的话。

我们家里的情形总是这样的：家里来往的人很多，有时竟多得像蜜蜂拥着花一样。当这样的时候，人都是快乐的，爱谈笑的，老年的人也跟年轻的一样，把他们明明知道的事物装作不知道，故意去表示叹赏和惊奇，用这去鼓励年轻人们的欢欣。但是这些人们的往来也正像蜜蜂看见花一样，往来是为着采他们的蜜的，蜜采完了，人们也散了。当往来的人们散了以后，家里的一切都呈现着寂寞与冷落，乃至到荒凉的那个限度。母亲跟父亲也是那样，当人们往来的时候，他们对于别人跟自己互相间也是谈笑与欢欣的，他们是至好的夫妇。他们亲善得像是他们之间少了一个这家庭便立刻要散了，散落得房顶会塌下来，房子会歪倒，连院子里的枣树跟葡萄架子都要拆毁。但是当人们去了，筵席都散了以后，他们又回复到那样冷落而淡漠的状态中。他们竟从夫妇降到一对旅行者了。

对于那种家庭里更多的事我不能记忆了。在我只知道这么多事情的时候，我便离了我的家，跟外祖母上南方作了一次旅行，在这旅行回来以后我便不再见着我的父亲。

我不知道用怎么样的脑力唤起我那一段生活的回忆。忽然有一天我感觉着家里的景况非常寂寞，我再也听不见父亲的热烘烘地和母亲争执的声音。我时常想着父亲没有死，还活在别一个世界。但是我又分明地知道父亲已在两年前死在一个寂寞的村子里，那里，他经常为着他的事业而奔走的一个旅途中。

我时常能想到在他墓地旁的苹果树枝上，有一群漆黑的、巡回飞行的乌鸦，经过盖着红色阳光的碧绿的草地，飞回它们墓前的老巢去。当我每次想到这样的景象，我总用迅速的眼光去看我的母亲，有时我发现她用着她所有的勇力在那里微笑，颊上压着灿烂的光；有时她的眼睛里却湿着晶莹的泪点。

这时我们贫穷地住在这古朴的太原城里。除开我自己以外，我们家里有我的母亲、晓凤我的妹妹、外祖母，和一个年老的男仆人。

我们住的那所屋子是一所古旧而简单的。那里有一个大的、破旧而冷落的院落，院落里有火砖砌成的花墙，到了夏天墙上便爬着各样颜色的牵牛花。房子的后门口有一间成年都没有人进去的黑房，房里有一棵穿出了屋顶的老树，据人说那是汉朝遗下来的古槐。

这一棵古槐树并不是简单地属于我们所住的这房子，它有着三个住宅的主人；为了保护这株树的香火，三间住宅的主人共同造了这间黑房子。

我们隔壁的房子原来有一位漂亮的中年男主人。他经营着皮货商业，前年的秋天因为皮货涨价，他得了一批意外的赢利。因此他的母亲便时常拿着旱烟袋，手里捏着用红纸卷着的香，扭着蹒跚的步子，向着我们后门外面的人说：

"你们年轻人也该来给这树神烧点儿香呀，我吃了二十年的窝窝头，现在也看见儿子赚了钱呀！"

这老太婆是一个的的确确在年轻时就守了寡的女人。她有两个儿子，小儿子在十四岁的时候就从家里去到很远的地方，到现在没有过消息。这贩皮货的是她的大儿子。

她从死了丈夫以后就念佛经，据她说人应该像佛那么慈悲。她也信仰神。

她有一个弯得像老树一样的身体。头发绾成长的，下半截翘起来，像一个蚂蚁一样挂在后脑袋上。她的脚上总是穿着有着绿花的很尖的紫红鞋。

这老太婆矜骄地发过了这样的议论，便拐着急促的步子，带着香和旱烟袋一块儿扭进了树房去。

"树神菩萨，一切都好，都很好啊，菩萨，我这里烧着香，给您道谢啊！"

这样使我听着有一点儿可怜的声音，和带着霉味的烟灰气时常散发在寂寞的黄昏的院落里。

这位皮货店主家的老太婆，别人说她有一种怪脾气，她喜欢在白天里睡觉，半夜里起来。当起来和将要睡觉的时候，一定要坐在床上盘着腿，合着眼睛，念一遍没有人能够听得明白的佛经。有时她半夜里会无端地哭闹起来，像野马一样地满房翻滚，说有人在树神前面祷告，要她早点儿离开她的家和儿子。

每次经过了这样的自己吵闹以后，她自己一定要到树房里去烧香，用着可怜而滑稽的声调说：

"树神老爷，不要听别人的话短了我的寿命啊！从我的丈夫死后，我都是做着清白的寡妇的啊！"

她最不愿意别人问起她的媳妇来，如果有人问她：

"你的媳妇怎么老住在娘家？"或者开玩笑地说：

"你不怕你的儿子真成了小乌龟吗？"这样的话时，她便要立刻和人大闹，然后再用她以为最残酷的报复，请求树神处罚他，减他的寿命。

小乌龟是她儿子结婚以后的绰号。因为在他结婚的第四年冬天，有一天晚上，是一个将近新年的夜里，皮货庄的人来告诉老太婆说：

"我们庄里要结账了，你家的小老板说，他今天和明天晚上都不能回家来。"

当时老太婆笑嘻嘻地说：

"告诉他，我不能替他看管媳妇啊！"

后来，不知是哪一天，这媳妇便被老太婆送回娘家去了。从此以后邻舍的人便背地里都说这老太婆的媳妇不规矩，都叫她的儿子小乌龟。

因为惊奇那拿着香伏在地下做祷告的老太婆的态度，从此我就关心了那棵古槐。我时常对它有着奇异的想象，我怀疑它有感觉，它理解人的思想。起初对它怀疑，后来我怕它。当我要想做，或者想一点儿不让人知道的事件时，我总怕树知道。

树房对面有一个小的厕所，那是在一个墙的拐角上，不是去树房或去厕所的人，是绝对不会看见那地方的。原来我很大胆地去那厕所里，我没有想到害怕什么，后来每当我去厕所时，总抱着很不自然的心情，我觉得我所干的什么树一定都会看见。

有一次，是在一个非常冷落的秋天的下午，我正走向树房的那个小巷子去的时候，忽然听见一阵从树房里发出来的极凄惨的哭声，从这哭声中我明白地辨出那可怕的老太婆的言语：

　　"树神老爷，你大慈大悲，让我的儿子活哟！如果我的儿子冒犯了你，我愿意替他去！请你今晚让他的病好啊！"

　　秋天的风吹着地下的沙沙作响的叶子，老太婆把哭泣和语声按压到最低的程度，模糊地掺杂着那在地面上移动的树叶子的声响：

　　"……树神啊，饶恕我！……我忏悔我以往所犯的罪恶，……儿子不是我丈夫的，是我丈夫死后我和米店王二生的。……我虐待了我的媳妇！……"

　　金红色的傍晚的阳光从屋顶上射下，照着祷告着的老太婆的惨白的脸，她的眼光暗淡而凝滞，像死人的眼睛。她又继续说她最后的祷告的话：

　　"神，凭着我这三年敬给您的香火您原谅我，让我的儿子活吧！"

　　她正说完了这句话的时候，树房旁边的后门被人推开了，从那里进来了一个少妇，是她同院子的房客的女人，带着黯然而紧张的神色向老太婆说：

　　"你的儿子落气了！"

　　我不敢再向树房的巷子前走。突然的恐怖使我的知觉麻顿。当时好像有许多极可怕的脸围绕着我，像有许多立刻便要发生的可怕的事，和子弹似的打在我的身上。

　　一阵由近而远的哭声中，老太婆跟那报丧的女人消失在后门外面。

风在我的后面旋转，树叶子叫啸着。顺着风和树叶子的声音我回到住房里。

那天的夜里我发了高热，闭上眼睛的时候总看见那可怕的祷告的老太婆，有时还有一个青脸高大的树神在她旁边，从那天起我病了。

这时我脑子里开始有了一个鬼的观念。人的活与死跟这树神都有关系。树神是凶猛的，人死了以后也是凶猛的，这凶猛的活的东西就是鬼。我睡在床上时一定要母亲坐在床边，跟我说些快活而有趣的故事。当母亲走开，我便听见许多奇怪的声音，时常像有一个陌生的人来到我们的房顶上，揭着房上的瓦要跳到房里来。这个陌生的人就是被树神抓了去的老太婆的儿子。

两星期以后我的病好了，有一次我告诉母亲我再不愿意一个人去那厕所里，因为去那里一定要经过槐树房。母亲说：

"你这傻子的想法；因为老太婆烧过香，你才觉着树是活的，我们在这屋子里住了一年多，你看见了什么吗？"

"什么也没有看见。"我说。我心里想着，也许我后来会看见什么的。

"那么你怕什么？"母亲严厉地问我。

我不知道应该说我怕什么。我想说怕鬼，但是我不好意思说，因为我没有见过鬼。

"你到底怕什么？"母亲的眼睛里发着蓝色的光，她说话的声音提得比往常高了一倍，她的态度和声音都有一点儿使我的身体发颤。我不敢再说我怕什么，但是我一定要说，要不然我就得一个人走到那间槐树房的跟前去。

"我怕隔壁那死人！"我说。

"人死了就被人埋了，知道吗？"母亲说。

"有鬼。人家说人死了要变鬼，红毛绿眼睛的。"我说。

"人死了什么都完了，好像灯似的灭了。人死了要变鬼这话是吓没有知识的人的，我就没有见过鬼。"母亲说。她脸上的表情好像证明她这话的意义很忠实。

我有一点儿相信母亲说的话："没有鬼，人死了就像灯似的灭了。"但是那个老太婆不是疯子，她为什么时常一个人在槐树房里说话，她一定在树房里看见了什么。我想母亲一定因为不信这个，所以她不曾看见。树一定有神，并且外祖母向我说过门也有神。不过门神不害人。它像我们的朋友一样，所以人都不怕它。

我再不敢告诉母亲说我怕鬼了。我只有一次跟晓风说：

"告诉你，你一个人打树房走过的时候，当心那红眉毛绿眼睛的人，那就是树神。它把隔壁老太婆的儿子抓去了。现在树房里有树神，还有鬼。"

"谁告诉你的？"晓风好像有些不相信。

"他们都说。有一天我还听见那老太婆在嚷，说她天天给那大树烧香，它还要拉她的儿子。她现在香也不烧了。"

"哦，你可看见？"晓风说。

"谁也不能看见，看见就得死。"我用我对于鬼和树神所有的信心给晓风解释。我当时的目的不是要使她信鬼，是要使她害怕，害怕了以后我才得着同情的对象。

"啊，那我可不敢再一个人上那儿去。"她说。

"我也不敢，往后咱们一块儿去。"我说。

晓风也跟我一样地怕鬼了。她也不敢一个人去厕所里。我不再把害怕的事告诉母亲，我和晓凤商量，我们上那儿的时候都两个人一道，这样树神的问题解决了。后来不知几时我也忘去了那老太婆和她儿子的事。

为着树神的这件事，晓凤和我的感情特别好起来。从前我们时常会为一点儿小的事情争吵的，比方，我们家里养了一只黑色小狗，有一次母亲叫我去喂狗，我便向晓凤说：

"去喂狗，妈叫你去。"

"你撒谎，妈叫你去，我听见了。"晓凤带着讽刺的语调说。

"但是这家里你最小，小孩子应该做这件事。对于狗的义务。"我说。

"狗的义务，你骂我是狗！我要告诉妈！"她愤怒起来。

这样我们便开始争吵了。

有时当她在写字的时候我偶然地碰了她的写字桌子，她便哭着和我争吵，说我碰坏了她写的字。

晓凤比我小一岁，但是她有着比我更充分的武装。比方说，有一次她正在桌子上做练习，我又无意地碰了她，她立刻撕破了我的本子，愤怒得哭泣起来。但是当母亲来到面前的时候，她已经好了，坐在她原来坐的位子上，用极柔和而讽刺的语调向我说：

"你安心碰坏我的练习簿啊！大概你这次的练习做得很坏吧！"

母亲听了她的话，便骂我，说我无赖。后来她每次总对我应用这条巧计，使我不敢和她争吵。

因为我和晓凤时常有这样的摩擦，母亲总把我们送到两个学校去念书。那时晓凤在一个私立小学校里念书，我在一个省立的，在那学校里母亲有着一个维持我们入学的中学教员的职业。

我早就被父亲养成了一种懒惰的习惯，我不愿意拿起在我手面前的茶壶，也不愿收拾自己脱下来的鞋。在我十岁的时候，我还是时常等候从厨房里的仆人来给我拿取眼面前的东西。有一次母亲向我说：

"懒惰是会使人堕落的。我最厌恶旧家庭的习惯。"那些父母不先让他们的儿女有知识，但是先让他们学习懒惰，在家里不操作算是有身份的人。知道吗？什么事都不会做的不是漂亮的人物，相反的是要什么事都会做。"

我最不愿意听她说这样的话。我以为世界上的母亲在她的儿女面前都有一派高调，而这高调她自己是不实现的。

有一天，将近新年的早上，母亲叫我去收拾那张堂屋里的摆在父亲牌位面前的几案。十二月的风吹得我的身体发颤，几乎使我不能在那冰冷的堂屋里移动我的手指。案上摆了一个很大的黄铜香炉，香灰被风吹得铺满了半张几案。两支经月不曾用过的锡蜡台，被蜡油和灰腻成了歪曲的形式，蜡台旁边堆了一大堆陈旧而混乱的书报和纸张。对着这样的景况我感觉着收拾这几案是一个大的困难，我不知道应该把我的手先伸向哪一件东西。

"怕困难吗？让我做，你瞧着！"母亲看了我那局促的状态，挥动她愤怒而激昂的手，很轻快地把那几案整理好了。

"你要享福吗？你爸爸活着的时候你可以那么做。他正愿意你那样什么也不会做，什么也不会他才能够把你随便嫁一个男人。"

那时念书这件事对我是一件很可怕的事，除了每日去应付那学校里的班课以外，便借着可能的机会和办法避免念书的威胁。

记得有一次，母亲用她裁衣服的尺打了我，也打了晓凤。她打了我们以后，又叫我们跪在两间屋子相界的门边，从晚饭前一直到快去睡觉的时候。

我是第一次在地下跪了那样长久的时间。我的双膝像火烧似的发着炽炙的感觉。当时我没有觉着肚子饿跟疲乏；我只想用我所有的力量恢复腿的自由。整整地经过了两小时，母亲镇定着红而发热的脸，把指关节按得发出轧轧的响声，眼睛里带着由愤怒而溢出来的眼泪说：

"明白了吗？一个没有知识的女人，她一生的生活就等于下跪。现在我预先让你们得一点儿感觉！"

实在，母亲说这话的时候，我已经站了起来，两腿已经轻松，这时我已经有了另一种感觉，不是感觉腿和双膝的苦痛，是想着那个祷告过树神的老太婆。

我从前总想着，当那个老太婆跪在树面前做祷告的时候，为着虔诚和信仰，使她脸上表现了沉默的痛苦。她要用她所有的虔诚和力量，把自己献给她所祷告的对象，她忘记了冬天的冷酷的风和绕在脸上的蛛网。虔诚和忠贞的信仰使她闭着眼睛，紧合着双手，眼泪从紧闭着的眼睛里滴到合着的双手上，她的双膝不曾移动过。现在我有了跪的感觉，我脑子里有了一个因了跪而呈现苦痛的面容的老太婆的影子。我不明白她为什么要那样苦痛地去祷告。

母亲不明白我在想着怎么一回事，我发现了她的眼睛紧盯住我，我的脖子发了红。后来，我时常想着她说的那些话，我不敢再逃学，这原因，并不是害怕她再叫我跪在地下，是想着母亲说话的意义和表情是一件很可怕的事。

"明白我说的话吗？"母亲闪动着那严肃得可怕的眼睛。

"明白。"我说。

"真的明白吗？什么意思，我为什么要你们念书？要你们有知识？念了书和有了知识有什么宝贵的意义，……什么意思？"母亲说。

我不敢回答，我怕回答错了。实在我也不明白为什么没有知识的女人，她的生活就像跪着一样。这句话在当时对我实在是含着非常高深的哲学的意义。

"懂不懂，什么意思？"

"要念书。"

"为什么要念书？为什么？"母亲问。

"念了书才有本事。"我最后想出了这样一句最适当的话。

"你觉着跪在那里自由吗？不能独立生活而要依赖人的人，便没有自由。要独立和自由就要有知识，要有知识就得念书。"

我和晓凤都沉默着，房间里静得没有一点儿声响。一件非常沉重的事，在母亲的言语里轻轻地讲释了过去，正像那非常紧张和可怕的迅速的时刻，在墙上的时钟的声响里滑了过去一样。这是我的童年里，我第一次感觉着的人生的可怖和危险。我幼年的心已轻朦胧地意识到对于自己未来生活的职责，母亲的言语像时钟的摆动一样催促着我要追赶的那路程。

太原的郊外是有着黄沙和骆驼的，春天里也很少绿色的草和苍色的树林；那里最美丽的景色，便是红日将归的下午，骆驼的蹄子磨着黄沙的道路。

那时我们除了在学校里上课以外，还上一位课外教师家里去念书。那教师是一位那时在太原有名的、念了很多儒书的老太太。她能作文言文跟诗，和绘画山水。她有许多学生，她姓李，他们都称她李老师。

她有一所幽静的住宅，那住宅靠着埋藏在太原荒郊里的古朴的城墙。从她那里下了课的孩子们，总爱到城墙的墙脚下，或爬到城垛上去玩耍。

城墙是我们大家喜欢的对象，但是它的长短和形式在我的脑子里没有出现过明白的印象；那原因是当我去的时候总是太阳已经下去，它在半明不灭的黄昏和许多稀疏的灯色里，露出一长条漆黑的影子。

有一次，一个礼拜天的早上，我和几个孩子爬到城墙上去。太阳从远得烟似的地平线上升起来，照着广阔的黄色的郊外。这是我第一次认清了城墙和城墙以外的景色，和从来不曾知道的那样可怕的事。

城墙外边有着一大片广漠无边的黄土地，靠着墙脚有一排被人力挖成的坑壕，坑壕旁边有许多被泥土混掩了的殷红的血斑。

我不知那是什么，看了那些血印子，我的心里只觉着有些严肃和清冷的意味，我想着那大概是狗打了架和宰了牛羊的痕迹。

"你看见过枪毙吗？"一个大点儿的女孩子问我。她长着黄头发、黄脸，说起话来带着几分傻样子。

"什么叫作枪毙？"我问她。"枪毙"这名词对于我是新鲜的。

"就是把犯了死罪的人拉去枪毙，枪毙以后就死了。"她说。

"你见过吗？"我问她。

"我没有见过，我听见人家说的。"她说。

那紫色的血印子对于我本来有些神秘而可怕，听见那孩子说是人的血，我更觉得可怕了。我当时觉得地下的红印子已经不埋在沙土里，那些东西已经从沙土里涌了出来，顺着太阳的光辉伏在地下摇动，许多小的斑迹连成了一条长而大的人影子。

"什么人才会挨枪毙？"我问她。

"强盗，抢了人东西的。"她仿佛懂得很多。

太阳慢慢地升起来，淡黄色的光映在无边的广场上，使人们感觉着寂寞和空虚，寻不出所去的道路。广场里遥远地隐藏着几所矮小的村屋，屋顶上冒出一些断而不绝的紫烟。这时我起了一种模糊的感觉，太阳是仁慈的，人在它的光辉的沐浴下，都有着坚强的求生的意志；但它也是残酷的，在它的照耀下边，会使人看见这许多被杀死了的人的血。

"偷了东西的强盗就要枪毙"，"枪毙""血"，我记住了这样的事。

自从我们重住在太原起，一年的生活过去了。院子里的冰雪堆起来又融解下去；牵牛花的藤子从枯干了的又重新爬上火砖砌成的花墙。

这是一个酷热的夏天，院子里的石头和花坛上的泥土都干枯得呈着白色。每件东西都发着急促的喘息，表示着它们压抑的愤气。

这一天，外祖母病了；她发着高度的热，说话的声音低得几乎使人辨不清字句。母亲叫我向学校里请了一天假，守着。这天我从早上一直到下午，没有离开她。我把煎好的药端给她喝，看着她喘着急促的气，替她擦着额上的汗珠。

晚饭还没有开进来，突然间院子里起了一阵嘈杂的喧嚷声，嚷声惊扰了外祖母，她喘息地发着惊慌。我关了方桌面前的小窗，怕声音传进屋里，但是我已辨明了那喧嚷的熟悉的声音，并且我听清楚了那嚷出来的话语：

"我父亲的遗产哪里去了？"一个男人的粗暴的声音。

"你父亲没有遗产。"母亲说。

"你把遗产都独吞了。你不分给我，你拿去养活你的母亲。"男人的声音。

"我得了你父亲的遗产？证据在哪里？"

"证据，你怕打官司吗？"那男人说。

"那更可笑了。别说你父亲没有遗产，即使有，你能去告我吗？"母亲说。

"我不能告你吗？你是我的继母！"

"继母也是母亲！你大概喝醉了。……"

"你怕手枪吗？"

"开手枪？你准备打谁，你怕我叫警察吗？我去叫警察。"

那男人的声音在院子里，母亲在对面房里。争吵的声音到这里暂告了停歇。

听见这声音，我感到惶惑与惊恐。这对我好像是一场从未经历过的梦境。我沉陷在骚乱、恐惧和悲哀当中。我知道这个喧吵者是我的哥哥，他自从父亲死后没有回过家，也没有过消息。

我屏着呼吸，守着被嘈杂和体热所威胁着的外祖母。我不敢出去，怕把我的哥哥引到这屋里来。

声音安静了以后，打开了窗子，我藏在窗帘后边，望到对面房里去。我看见一个穿着白色长衫、黑色皮鞋，斜躺在一张睡椅上的男人。他的脸被酒精浸得放射着红色的光彩，眼睛和睡一样地昏迷着。疲乏和兴奋布满了他鲁莽和怯弱的脸上。

经过一阵风暴似的咆哮，声息完全停止了。满院子静寂得只听得见那黑狗在喘气，和树上的叶子在微风里摇摆。

这一夜，母亲没有到外祖母睡的房里来，我和晓凤也没有到母亲房里，连院子里也不敢去。

第二天清早，仆人把书包送过来，告诉我们说：

"太太叫你们从后门到学校去，今晚不要回家来，住到李老师家去。我另外再送信去给她。……太太说，千万不要回来，若是今天回来，少爷就要知道你们昨晚睡觉的这房间了。"

我和晓凤在李老师家一连住了四天。第五天，一个星期天的早上，家里的仆人来到李老师家，告诉我们，母亲叫我们今天住到云路街第四十五号去。母亲在那里已租了房子，把外祖母也搬到那里去了。

我当时一点儿也猜不着家里的事情，但是，我已经不像前几天那样对家里的情形害怕而且担心了。也许可以说，我简直是高兴。第一，从仆人那里知道我的哥哥和母亲谈了两天话，已经知道家里的情形，他相信父亲并没有遗产，凭着这一点，他不会伤害母亲。其次，直到外祖母搬出来为止，哥哥不曾发现她住在我们家里。我尤其欢喜的是，那件关于我自己本身的事，就是我早已不愿意和母亲住在一块儿，随时受她的管束。可是我也不爱住在学校里，那里尽是些陌生的人。我最喜欢单独和外祖母住在一块儿。单独和她住在一块儿，我能够想做什么就做什么。

想到这件事，我觉得我快活了，我快活到了极点。

外祖母，她是一位慈祥而和蔼的老太太，极度的慈祥与和蔼。她从来没有生过气，骂过别人，更没有骂过我。当母亲骂我，或者要惩罚我的时候，她总是用调解的语气，慈祥地说：

"宽恕一次啊，下次不犯了。"或者说：

"生气太费劲了啊！"

我所应受的处罚有时候会因这样的调解而减轻，然而有时候却是毫无效力。因为母亲说：

"小孩子犯了错，就该要受惩罚。劝解是不好的，会使他们不知道改过。"

这星期日的早上，我便和晓风搬到新租的房子里。这房子的构造很简单，一座大房子的里边设了一个别院，别院里造了连在一块儿的两间精致而简单的小房子。房子的里面的一间有着一个砖炕，是睡觉的房。外边一间是工作和休息的。两间房间里都有着充足的日光和空气。向南辟着两个窗户，窗户叶上是木制的小格，格子上糊着白纸，刮风的时候，窗纸就会发着颤抖而细微的呼声。

房间外边的小院子里有一棵枣树，我好像没有看见它开的花，因为枣花不是好看的。我只记得那树上结的枣子。这枣子不是一般的枣子那样长形，是圆的，圆得和鸡蛋的黄子一样；当十分成熟的时候，雨点可以把它们打落在地下。

我们搬进这屋子一个多月，中秋节来了。树上红得像太阳一样的枣子，从隔壁人家伸到我们墙头上来的桂花，点缀了我们的寂寞的院落。

我和晓风每天去上学校，礼拜天就去看母亲。母亲改变了，她现在见了我们，不是从前那样严肃可怕，她变得温和了。每次见了我们她总要问：

"外祖母好吗？……要不要钱用？"或者说：

"树上的桂花开了没有？……昨夜的雨……"这一类极温和极温和的话。

这时哥哥住在外祖母住的那间厢房里，他在墙上还挂了北平的风景画，好像很安闲的样子。他的脸很憔悴，皮肤很苍白，这样的人谁看了也知道他是爱喝酒和晚上缺少了睡眠的。

他每次见了我们的时候，脸上总装得很谦恭和极有礼貌的样子；也许是真的，简直就是真的，真得简直不像他会喝醉了酒去骂人，去像那天晚上那样跟母亲吵架。他是一个真正谦恭而有礼貌的少年。我简直从来也没有见过他是这样谦恭而有礼貌过。他竟然会送许多风景画片给我，还问我念的什么书，和几个同学住一间房，还问我喜不喜欢打秋千和跳绳子的游戏。

他这一切的态度简直使我同情和原谅他那天晚上的吵骂，乃至于会使我想到他生来就是谦恭和有礼貌，那种吵骂的脾气是父亲教给他的。父亲教他什么也不干只会花钱；什么也不需要，只要向家里发了脾气，就会有钱。因为当他从前每次在家里发了脾气的时候，父亲总是说：

"他要钱就给他钱，只要他有这样一个爸爸。年轻的人总不知道钱是来得艰难的；不知道也好，少知道这些事真就是少知道一点儿痛苦。有父亲的儿子是不应该有痛苦的。"

事实虽然这样，但是我总觉得哥哥还是一个可怕的人物。我不知道为什么要怕他，也不知他到底哪一点可怕。我只知道如果我告诉他，我现在并不是住在学堂里，我是跟外祖母住在一个有枣树和桂花的小院落里的话，他也许立刻又会变成像那天晚上那样可怕了。

关于这一点，我当时觉得很痛苦，我知道他是我的哥哥，并且真正的、嫡亲的哥哥。但是我不敢把我想说的真实的事情告诉他。我非常爱好我们院落里的太阳颜色的红枣子，和金子颜色的桂花；我很愿意拿它们来送人，但是，我曾想过，我终于不敢拿去送给我的哥哥。这，并不是我害怕母亲，因为母亲也害怕哥哥。哥哥绝不能容忍我的外祖母住在我们家里的这件事情。

每个星期天我总回到老屋子去，每次去的时候总看见哥哥。当我看见他用那样谦恭和礼貌的态度对待我时，我总感觉痛苦。这种痛苦简直是使我不可揣摩，也可以说在这样生活里我感受的是闷气，简单地说就是不可揣测；因为我明知道外祖母一点儿不恨哥哥，哥哥也一点儿不恨外祖母。他们之间没有吵架，没有发生过任何意见和隔膜，他们自己的本身没有仇。但是他们不能见面。

从我简直不愿意有这样一个，为了这样的事，使我苦闷的家庭。我喜欢痛快和坦白的事体。假如我喜欢桂花，我就有权利送人。就是说，我要有权利去讨厌和喜欢一个人。我要做真实的事和说真实的话。

我不愿意看见母亲整天装出的那一副假样子。但是我看见她好像因了某种灾害，连对我们的严肃态度都减少了的时候，我又非常同情她。我不愿意母亲对哥哥的那种态度，但是也因为这样我更爱我的母亲。

因为爱我的母亲，她现在说的话，对我比从前加了一倍以上的效力。就是她从前说的话，对于现在的我也比从前增加了效力。

有一天，也是星期天，哥哥不在家，母亲问：

"你觉得哥哥怎么样？"

"我一点儿也不害怕他。"我说。

"他问过你些关于外祖母的事情没有？"母亲问我。

"一点儿也没有，"我说，"他只问过我一些学堂里的事情，我不明白为什么我们不能告诉他一些真的事情。从前他喝醉了酒，捣乱，现在他不喝酒，很温和，一点儿也不可怕。我觉得他跟我们很不坏。"

"是的，但是可怕的时候就很可怕。他跟我们原来就很好，现在也很好。他这次来的目的是当作父亲有钱。现在他有一点儿相信父亲没有留下钱。如果他发现我能养外祖母，他一定想到父亲留下了钱，那时候他一定向我要钱，我没有钱，他就要恨我们大家。"

这时我开始明白：两个原来没有仇恨的人，因为钱就会成仇。同时我想到，人家家里发生打架和吵架的事，大概原因也是为了一个人向另一个人要钱。钱很有用，但是它又会叫人发生乱子。

光阴流水似的过去。墙头上的桂花不知什么时候谢完了，枣树上的叶子，发着金黄色地铺满了地面。从西北墙角上转过来的风声报告我们秋天过去了。

这天早上仆人到这小院子里来接了我们回去。母亲告诉外祖母说：

"那位要钱的君子走了，到他北平的叔父那里去了。他说明年春天再来，我看我们也不能再住在这里了。"

哥哥走了。我觉得我们都很平安，不会有那样一个人，像喝醉了酒的那夜那样，在我们家里可怕而凶狠地捣乱了。但是我对他那温和的态度是不曾忘记的，他谦恭的态度还遗留在他赠予我的风景画片上。同时我又觉得人很可怕，人有时会那样温和，有时会那样凶狠。因为我后来时常会记起当他发怒的那晚上，他说有"手枪"。

第 二 章

黄河面上冻了坚而厚的冰，黄河的桥是黑而长的。夜里看不清黄河边岸，只看见被火车上的灯影映得发光的河里的冰块。

我和母亲、外祖母、晓风，还有一位常常和我们生活在一块儿的太太，我们的亲戚，一同离开了我那生活跟生长过的、冷静而寂寞的太原，渡着黄河面上的桥梁。

从疾驶着的火车上，看见田野和山脉不断地向后面移转。跟着火车的进行，原来是完全蒙着枯涩的黄土的山顶，慢慢地添加了一些绿的颜色。十二月的风追赶着我们，它那绵延不绝的友情缠绕了我疲乏而寂寞的心，我对于火车驶过的每一块土地和山脉都发生着留恋。我开始了一种因祸乱而离开了家乡的感觉。

我第一次看见这广大的原野，和在原野里工作的人们。它们那自然而伟大的力给了我一种异样的刺激。我感觉着这伟大的自然和工作者，它们创造出来的是一种人类的爱，这种爱是异于一个人对于某一个人的。

路程那样长得可怕，山和不断的田野，好像都是为了我们去追赶而有的。

田野渐渐地广阔了，已看不见黄河和多山的境地。

冬天屈服在沉寂的死里。白日看见白色而凄冷的太阳；夜里便是黑色的天幕上兜转着几粒星星的影子。除此以外，便是焦黄的叶子和树木。

永恒而冷酷的旷野终于被我们所乘的二十世纪的列车渡过了。

我记不起在旅程中生活了几天，总之我从没有经历过这样长的一次旅行；旅行使我疲乏了。

带着笨重的行李，我们到了一个村庄。这里，跟太原相比，是一个温和而妩媚的南国的村庄。

这里有着池水、禾田、简朴而适于居住的庄屋。庄屋面前有广大的禾场，禾场上堆着丰足的干草。屋子左右有山，山上有四季葱茏的松树和不知名的野草。

这村庄靠着湘江的流域，是和我们一同南来的那位亲戚的故乡。

我们到这里的这一天，是一个晴朗的深冬的日子。温热的阳光布满了整个禾场和田地，把地面浮着的一层薄薄的碎冰融解得发着水蒸气。

这村庄里一个村屋的主人带着欢欣的笑向我们说了许多我不十分听得明白的话语。晚餐的时候，他们又在桌子上陈设了许多鱼肉、干菜和果子，欢迎我们这远来的客人。

我到了异乡了，在这样一种特殊异样的环境中我便生活下来。在这个新奇的冬天里，我有时和许多乡村的孩子们去爬山。我们在大清早上踏着山上的雪，连成许多一长条一长条的足印子。

但是有的时候我会想到我的第二的家乡太原，太原的雪是可爱的。因为厚的缘故，总是纯而白的。除了冬天的白的雪而外，我还想念我们曾经住过的一所老院子，院子的后门有一片很大的广场，从场子看过去有大队的骆驼从远远的十字路口经过，或者在黄昏的时候听得军号的声音。

从这里我又时常想着我和外祖母曾经住过的小房子，窗子下边的枣树和墙头上的桂花；还想到我的哥哥，他那可怕的样子。

父亲本来没有遗产，我们原来不必害怕哥哥而避到这样一个村庄里来。只是当我们离开太原以前，一个欠了父亲钱的父亲的朋友告诉母亲说：

"我曾借了你丈夫的钱，现在我要还到你手里。我随时可以给你钱，但是要当你们决定了离开这儿的时候。因为这钱的数目很小，你的儿子很容易把它花掉。我是不愿让一个父亲赚来的钱被儿子拿去喝酒和赌博掉了的。"

我因此时常想着，喝酒和赌博是一件可怕的事。这种可怕的事不但是妨害自己，并且会妨害别人。但是人为什么要这样呢？我却不知道。

哥哥的喝酒和赌博的习惯把我们撵到这村庄里来了。村庄虽然可爱，但是不适于我的生活。并不是因为我只爱城市而厌恶乡村，是因为我需要的事物这里都没有。比方说这里就没有那样一个好的学堂，上起课来的时候先生给我们讲许多故事，讲每天报上有的事情，讲许多世界上的新闻。

这里一点儿也看不见新出来的童话和侦探小说。没有机会打秋千和拍球，也没有人教我们唱歌。

村庄虽然可爱，但一切对于我都是死的，并且我们生活得也很寂寞和单调。我感觉我们好像是一队被远远的故乡驱逐出来的人们，在这里无目的地生活着，等待着释放。

我们像这样寂寞地生活了整整半年。冬天过去了。春天用它温暖的太阳吻遍了大地，渐渐地把大地吻得很热，而春天消逝了。

随着春天的消逝，我们的生活也渐渐地变了。在村子里已不像从前那样寂寞，我们认识了许多当地的住家，和他们由浅近的相识变为经常的来往。我们是为着寂寞和他们来往的。他们呢，是由于一种好奇心，都觉得和我们这样一家陌生的外省人来往是一件有趣的事。

在和我们所来往的许多邻人当中，我记得最清楚的有两个家庭：第一是一个有着十几担租，而自己耕种的一个农人家庭。这农人姓陈，排四，村子里的人都叫他陈四。

陈四是一个从来没有娶过妻的四十多岁的男人。他有一个母亲，是一个眼睛很近很近而性格很忠实的老太婆。因为这老太婆过于忠实，成年人和孩子都喜欢跟她接近。

这老太婆也很爱和年轻人与孩子们谈笑。当夏天的下午，太阳从禾场上收去了酷热的气息，青蛙在田边呱呱叫着的时候，她总是拿着一只九寸多长的白布的厚鞋底，一根顶长的大针，针上穿着很粗的白麻线，向鞋底上一针一针地锥着。手上的针紧紧地靠着睫毛，睫毛缝里的眼光，有时越过白布鞋底的边缘落到在她对面的年轻人和孩子们的身上。

"你为什么不给你的儿子娶亲呢?"别的人问她。

"还小呢，再过几年还不迟。"老太婆说，眼睛眯得很小很小的。

"他已经四十四岁了啊。别人像他这样大都要抱孙子了啊。"一个年轻的女人说。

"还小啊。等他再耕两年地，多积一点儿钱再谈这个。"

陈四长到四十四岁还没有老婆，据人说，并不是因为他穷，实在因为他太傻。他自己也很想拿这几年耕田积下的钱娶一个老婆。去年冬天有人给他说了一件亲事，是一个三十七岁的寡妇。那寡妇长得长长的脸，黑黑的头发，高高的个子，只是说起话来有些格吞吞的，用斯文一点儿的话来说，就是"口吃"。陈四呢，自己的舌头尖子也犯了类似的毛病，他并没有注意那寡妇的说话的音节。在人家给他说起了这亲事的那早上，他便早饭也没有吃，田也不去下，剃得光光的头顶，穿上不曾下过水的光亮光亮的黑布长袍子，跑到那女人家里去相亲。

但是媒人没有把这事通知寡妇，当陈四进到寡妇家里，有一个瘦长个子的男人问他：

"你是来找谁的呀，你是走错了地方了吧？"

"一点儿没有错，我是，我是来相亲的。"陈四说。他用亮光亮光的袖子抹着额上的汗珠。

"你来相亲的，哈，我说你走错了，这里没有大姑娘。"瘦子说。

"没有错，我来相亲，不是，不是大姑娘，是嫁过人的。"陈四说。

"嫁过人的？那你可疯了，要不然……总之你有神经病，你来有丈夫的女人家里相亲吗？"瘦子把袖子从手上挪到腕上，额上暴出一条一条的筋纹。

"嫁过人的，但是没有丈夫，……死了丈夫的。……"陈四说，"我的做媒的人叫我来的！"

"没有丈夫的女人，寡妇，你到寡妇家里来相亲？谁是你的媒人？"瘦子的声音很凶猛。

"你，难道你是她的姘头？你预备来打一个相亲的人吗？你不配打听我的媒人。我的媒人是这村子里的绅士。"陈四说。

"滚你妈的!"瘦子和他说这句话的同时，把一只干瘦但是撑得硬硬的手掌送到陈四的脸上。陈四的脸上立刻感觉到热烘烘的，眼睛里放出五颜六色的花朵。他的嘴唇刚从闭着到张开，预备回答脸上的打击，大腿旁边又着了火，他立刻像触了电一样，不自主地飞快地跑起来。穿着光亮光亮袍子的身体，向着寡妇的大门外连摇带滚地闪出去。

陈四挨了打，但是他不明白究竟是怎么一回事件。他只当是做媒的人开了他的玩笑。他不曾把这事告诉任何人，当他的母亲问他的结果的时候，他便摇着头说：

"不，不成，那女人不成，我早就说过我是不讨老婆的。"

这事就这样完了。后来他自己和别人都没有提起过关于他婚姻的事。

陈四和他的母亲都是忠实的，永远的忠实，贫穷的，也是永远的贫穷。

陈四的母亲除开这一个儿子以外，还有一个女儿，那是一个在十七岁便被做媒的人骗了去的不幸的女人。她十七岁的时候，媒婆告诉陈四的母亲说：

"你的女儿长大了，我替你找了一个很阔气而且很漂亮的亲家。这家姓秦，他们是这里最有名的绅士，那位公子是一位念饱了书、长得顶顶好看的人物。"

"那样阔气而且漂亮的人，不是也要娶一个阔人的小姐，为什么要我们穷人的姑娘呢？"陈四的母亲怀疑而快活地问她。

"阔人的小姐要嫁更阔的人，知道吗？并且他们听说你的姑娘长得好看，他们是一定要娶一个好看的媳妇的。嫁到他们家里去的姑娘是有福气的！"媒婆滔滔不绝地说了。

在这一年的冬天，陈家的姑娘出嫁了。她做新娘子的夜里，头上蒙着的那块红盖头被揭开了的时候，她看见一间宽大而破旧的屋子，屋子里点了一对大红的蜡烛，烛光照着新郎的脸，显出又瘦又白的模样。

从这一夜起她便做了一个晚期肺病的丈夫的妻子。她和这位少年丈夫的关系，除开她把一个装满了药的杯子亲切地递到他的手上，然后又拿开了以外，没有别的。

她丈夫的父亲是一个六十岁的有着一万块钱的积蓄的富农。他的母亲是这个老年的农人四十岁的时候娶来的继母。老年的农人继娶了这个妻子，他便对她说：

"我从前都是自己管着钱财，现在你是我的妻室，我相信从你以后我不会再继娶妻室了。我现在要让你给我管钱。"这样，他便把他所有的钱从自己的手里移交给这个比他小了十四岁的妻子。

从这时起，老年农人的妻子便是这家里最有势力的主人。她除开帮忙丈夫治理财产的事务以外，她还有一个自己的事业，也就是她一生中最感兴趣的娱乐，便是赌"牌九"。

"牌九"这种赌博，在这村子里并不是时常见到的事情，只是新年时期一种风行的游戏。可是在新年的一个月中，参加赌博的人可以使一个从没有恒产的人变成小富翁，也可以使富翁变得赤贫。

姓秦的老农人的妻子，在最近两个新年的赌博中，把丈夫的财产输去了一半。

"请你今年不要再去干这样的事了，好太太。我愿意陪你上城里去看一个月的大戏。你知道，你现在有了媳妇了。赌博不是媳妇的好样子。"当他们娶了姓陈的姑娘的这个新年，老农人告诉他的妻子。

"啊，不是媳妇的好样子。是的，等你的儿子也交一份财产给你的媳妇时，你再禁止我的游戏。"她的回答，是这样简单而直率。

陈四的妹妹嫁到姓秦的家里过了六个月。在第六个月的当中的一天，她所伴着的药壶离开了她。和药壶一道，她的丈夫，也从她所守过的将近六个月的床上，移到一具漆了黑色的、长方形的木盒子里。这时这位中年的农人太太便告诉她说：

"现在我们分你四百块钱，随便你愿意怎么生活，守在这里，或者回到娘家。不过，告诉你，我们家里是没钱可守的。从前是你的公公要替你的丈夫冲喜，把你娶进来。现在，没有可说的话了。"

"妈说我不应该回去。我回去是要让人谈论的。"小寡妇说。从此这村庄上添了一个守节的妇人。

从这年起陈四的母亲每年打发一辆蓝色布篷的轿子把她的女儿抬回来，三个月以后，又用一辆同样的轿子送她回去。

这是我记得顶顶清楚的。我看见陈四的母亲送过两次她的女儿。当她送她的女儿回到丈夫家去的时候，她那可怕的号啕的声音，不像是送走一辆坐着活人的轿子，而是送别一具装着死人的棺材。当我第一次看见这情形的时候，人说这位不幸的妇人，坐她母亲的这带着哭泣之声的轿子，已经是第十六年了。

因了这一对儿女，陈四的母亲在这村庄上变得很有名，常常被人看作叹息和凭吊的对象。

除了这样一个孤独而寂寞的家庭以外，我还记得有另外一个，也是一个寂寞的家庭。他们是那省里有名的贵族，在乡村里他们有两千担租，有一座最大最大的房子，那家主人姓林。人家都叫那所大房子林家庄。

林家庄的主人是前清的一位翰林，清朝的皇帝封他户部侍郎，在他做官的第十年，他便告诉他的夫人：

"我们该在我们的故乡造一座庄屋，安定我们的生活，做官已使我厌倦了！"

这样户部侍郎的家，便从京城移到这村庄里的邸第中来。

这是一座庄严而美丽的大房子。房子周围都种着花和树，这房子在这乡村里最有名，它除开是这村庄里的一座最大的公馆而外，还有一个最大的梅花林。

在冬天，当下雪的时候，我们不必去拜访林家的主人，我们可以站到那大房子前面的远远的堤上，从那里看去分不清雪和梅花，从雪的飘荡中夹着梅花的香味。

我看见这座大房子的时候，他们已经在这里住了十五年。户部侍郎死去了。当他死的时候，留下许多田地和实物、奴仆和农夫、儿子、女儿、媳妇和五个姨太太。

他们成了这村子里永久的富豪。每年秋天，农夫们用连成一长串的车子和担子，把谷禾送到他们的仓里。

当这时候，这最后的一次，第五个姨太太便领着一个年老的长工坐在停置轿子的大厅上，点计租谷的担数。

点完了租谷的数目，老年的姨太太一定要告诉送租谷的农人：

"今年数目又少了。像这样丰收的年成，你们应该交全租，你要知道，我们家里养活了你们十五年。"

"老太太，东佃如父子。东家是我们的恩主，种田的人绝不会欺瞒主人。今年田里遭了旱，我们赔了二十个工给田里车水。"送租的说。

"那不行，你回去告诉你们老板，租谷缺的数目太多，打一个对折，还该补送二十五担。要不然我今年一定调换佃户。"老姨太太昂着头，摆出贵人的身份。

"求你老人家宽恩，赏我们吃点儿饱饭。车水的工钱都是我们自己垫的。"送租的说。

"那不行，我们去年就要换佃户的。是你们管事说，今年一定交全租，所以我宽恕了他。好，现在，限你五天，五天中不把欠的租谷交来，叫你管事不要再来见我。"老姨太太把肥胖的身体撑在细小的金莲上，一摇一摇地走进去了。

春天来了。一个沉闷的春天。春天本来是幸运的，它可以使一切生物都生长，可以使人们抛去腐旧和顽废，把生命换成新的。但是，这春天，对于我却是一件不幸的事件的开始。不知从哪一天起我看见我的母亲在开始发热。每天下午她的脸都是红的，呼吸比普通的人快很多。夜间不能睡眠。

我们搬到有病院的城市里。

很久我没有听见姓林的那一家的消息了。一个下午，林家有一位住在城里的姑娘来看我的母亲，说，她们那大房子里的守门人不见了。老姨太太得了一种很奇怪的病死了，医生验不出她得的是什么病症。她们的家都分散了。她的一位最年轻而美丽的姑母被强盗吓得跳到井里去，然后又被人捞救了起来。

她又说，她们那所大庄屋空了一个月；一个月以后，突然来了一大批不知姓名的人，他们自己告诉人说：

"我们是林尚书家的人，这座大房子是我们大家的钱盖的，现在轮到我们住的时候了。"这样他们那所大房子便被他们占住了去。房子里面的古物和宝货都被抢劫了。

我们在城市里住了两个多月，母亲的病一点儿也不曾好。她感觉着需要乡村里的空气，我们又搬到乡村去。

这时我的心时常感到寂寞。我寂寞的原因，不是因为我预先知道我将要有失去了母亲的孤单，我一点儿都不曾想到我自身的寂寞。我有母亲晓凤和外祖母，她们都是最爱我而成天伴着我，有了她们，我一点儿也不寂寞；更不是因了爱情，那时我还不曾长成一颗因了解而需要爱情的心。

然而我时常总是感觉着寂寞的。我所感觉寂寞的理由，因为摆在我面前的有许多使我不能了解的人的生活，而这些又都是使我因为不了解而不愿意知道的。这些生活时常会使我感觉寂寞，然而有时也会因为有了它们使我忘记我的寂寞。

当时使我最感着寂寞的事，便是那一群富贵的人们。他们有着那样美丽的生活和身份，可是他们的生活和身份，也会那样迅速地离开了他们。

林家的一批人便是这样一回事。强盗从他们乡村中的老家把他们撵到城市中，在城市中他们散了，此后更没有人知道他们的姓名。

这时我第二次来到这乡下。美丽的大屋子仍旧点缀着美丽的村庄，梅树林仍然保护着美丽的大房子。

由寂寞我渐渐地厌恶这乡村的生活。在乡村里我没有见着一点儿好的东西；有时我很想去找那些农夫家的孩子们玩，学习他们那些简单而有趣味的游戏。当这时候母亲总时常向我说：

　　"你一点儿也不关心我，你只知道玩，你一点儿没有想到你会要做一个流浪的孩子？"我知道母亲没有怨恨和厌恶我的心，她爱她的孩子超过爱她自己。可是当她病得严重的时候，她是不喜欢我去游戏的。

　　在这样一种不宁静的生活状态中，我总觉得我没有享受着我的童年，童年不是我的。

　　那时，我们住的是一所宽大而古老的屋子。屋子里有一个大厅，大厅里有很高的梁。到了春天的时候梁上会有燕子。燕子快去的时候，那便是夏天来了，大厅的砖头上便会生长起一大片的苍绿的苔。

　　从有着燕子和青苔的时候，大厅里总有许多聚集的游戏的孩子。孩子们做出各种各色的游戏。许多游戏中，使我当时最感兴趣的，便是画出各色各样的鬼脸，藏在屏风和走廊下边，然后再从里面出来，装出许多奇怪的声调去使别的孩子辨认。这种游戏的主扮者是强壮而大胆的孩子，怯懦而胆小的都是些被动的人物。因为画鬼脸的人须得自己先在镜子里看一看自己，预防别人辨识，胆小的孩子是不敢去扮演的。

　　在这样的游戏以外，我以为没有可以快活而活跃的事。母亲在夜中缺少睡眠。她时常在半夜里叫醒我，告诉我她需要我起来为她做的事。我时常不会被她低微的声音唤醒，有一次她像教训我的样子说：

　　"假使一个关心着我的孩子，她是不会唤不醒的。"从这次起，每夜都不敢安心地睡觉，在睡前我一定要把母亲这样的话复习一遍。

我渐渐练习着晚上不睡觉了。我是一个未成年的孩子，然而我已经养成了一个成年人的习惯。每晚不到十二点不去睡觉。半夜里时常自己醒来。这样的习惯并不使我感觉痛苦和任何不愉快，我想着这只是一种极短时期的生活，我以为人的苦痛和烦累都是暂短的。

疾病尽可以用医生的手去治疗，生命却不能由任何人和任何预计去主宰。

四个月又过去了，乡间的气候和空气也不能恢复一个病了的人。住在那城市的我的舅父，和新从远地来的我的姨母，都劝我的母亲搬到城市的医院中去疗养。为着这样的计划，我们家里一切都呈现了惶惑和不安的状态。

我简直记不清当时生活的程序了。我只记得有一天，是一种不安状态的生活中的一天，人们没有得着生与死的启示，也没有看见医生的判决书。在这样的日子里的一个夏天的下午，从屋子里看起来已经是将近黄昏了，母亲躺在一张藤制的椅子上，她微笑着，在微笑中夹着一些我从来没有听过别人和她自己说过的那样字句不清的话。

这时我一点儿也不明白这是她性格的最后的变征，她永远不再会用从前那样清楚的字句向我们说她所要说的话，乃至于当她激怒时对我的谴责，和当她疾病的苦痛时说我对她的"不关心"了！

我从不曾看见和想象到人的这样一种，使我当时惶恐和无知，而后来会悲哀的景象。

第二天早上，太阳在院子里热烈地照着，映在窗帘上的树丛中夹着一些麻雀的影子。一大堆人拥在母亲的房里，各人脸上现着不同的，但都是紧张的情调。

"快来叫你的妈呀，唤转来，把她唤转来！"外祖母突然发出爆竹似的声音。她那正在端着一个药杯的手紧张地颤抖着，眼泪遮蔽了她那发着光的眼睛。

房里的人都拥在母亲睡着的床的旁边。医生给她切了脉搏，没有说话，也没有留下药单子，走了。

母亲的眼睛闭着，没有再睁开。

母亲死了。我没有超乎寻常人以上的悲哀，我只感觉着生与死相隔得那样近，而又是那样远，以及自己没有能力把一个死了的人唤回来的失望和空虚。在她未死以前，我们大家费了如许无效的努力。我对于努力开始起了怀疑。

我们没有很多的钱和人力，不能把死了的母亲送回那埋葬着父亲的故乡。同时我还有一种感觉，我认为人可以生在别的地方，也可以死和埋葬在别的地方。我出世以来没有见过我真正的故乡，我并不知道她是否美丽和可爱，没有必要把死了的母亲送到那对她也是陌生的地方去。因此我们便把母亲埋葬在她死在的那乡村里。

我和这乡村的关系，后来我想着，好像完全是为着埋葬我的母亲。为着她，后来，一直到现在我还念着那地方。然而自她埋藏了以后，直到现在我不曾去拜访过。

带着悲伤和寂寞的心我告别了那乡村，也正像带着同样的心告别了我幼年的太原一样。

在我们把母亲的事弄妥了之后的不久时期，姨母——她是在

90

母亲病后来的——说：

"你的母亲曾说，要你们跟我一块儿去江南，那里有你们的舅父和许多亲戚。"

江南是我幼年时曾经拜访过的地方。可是当我再来的时候，一切都是陌生的。从前曾以很好的感情对待我的舅父和舅母，现在也是陌生的。

我和晓凤、外祖母在南京的市上租了房子，雇了一个从前被外祖母用过的女老仆人，我们就这样生活下去。

姨母时常来到我们家里。起初她只以一个客人的方式来看我们，后来，一次，她向外祖母表示：

"我一个人很寂寞，我想你们一定不讨厌我住在你们这里。"这样，她便以一种久住的关系和我们一块儿生活了。

我的母亲有两个姊姊，她是我的第二个姨母。她是一个衰弱、孤独，而神经不健全的女人。

如言二姨父是一个独生子，在没有娶我的姨母以前，他便染上了花柳症。他有着一个好酒而不康健的身体。因此当我的姨母二十五岁的时候，他便染上了被医生所拒绝的症候。

"嫁给了我是你命运的不幸，然而不幸的命运却给你遗下一个儿子。不要让悲哀毁坏了你自己，儿子会使你后来幸福的。"这样他便别去了我的姨母。

姨母以一个寡妇的资格守着她的唯一的儿子。她虽住在姨父的热闹的大家庭中，可是她从不去找别人说一句不是非说不成的话。她虽则只有二十五岁，但她，从不顾怜和注意到那还不曾和自己分离的她的青春和少妇的美丽，看顾和教养她的儿子，便是她的一切生活。

但是我的姨母是一个达观而坚强的女人；她时常向人说，她最厌恶一个为着丈夫去殉节的女人，因为世界上没有一个为妻子去殉节的丈夫。所以当我的姨父死了以后，她只想着自己应该如何活下去，一点儿也没有想到应该怎样去死。

她从少年时代起便有着一种特殊的嗜好，这与其说是嗜好毋宁说是她的天才，就是她好饮酒。但是自她开始学会了饮酒以来，她从不曾醉过。她说男人喝醉了酒可以被人称作"豪放"和"英雄"，女人如果喝醉了酒，那便要破坏了女人的柔雅风度。温柔和文雅的风度对于一个上流社会的女人是非常要紧的事。

然而姨母从来也不曾喝醉过酒的原因，并不是因为她时时刻刻都如她自己所想的那样，要保持女性的美风格，实在是她有一种酒的天才。实在当她把酒瓶拿在手里的时候，她很少有平静的脑子去想到风格。她的确爱好风格，也好像和她同时的一批上流社会的女人一样，然而在饮酒的时候会想到风格这是骗人的。也正像她时常说的："人们因为达观所以好酒。然而当你有了什么苦痛和悲愁的时候，酒也可以使你忘怀。"这样矛盾的话一样地不可靠。

这样，我们可以明白，她是在少妇的时候就开始拿酒去解消她的苦痛的。

除了这件事以外，我的姨母还有一种天才，就是假如有人用无礼或欺侮的言语或行为去对待她，她可以保守沉默；如果她要报复这样的事情，她便用一种最尖利而刺人的话，这话会发生这样一种魔力，便是使人不能忍受而又不能不去忍受。她的这两种天才慢慢地发生了相互的关系，便是当她预备要在人们面前说讽刺话的时候，就用酒加强她的魄力，有了魄力以后她就可以把话说得她所想说的那样好，那样有力量。

在她少妇的时候，她很少用这样一种方法去对付别人。她爱用沉默代替讽刺。除开当她受了不可抵御的威逼，必须要向人说明，她所受的苦难和不幸不是由于命运，而是受了别人的欺侮的时候，她才使用她这种天才的言语。总之，她的沉默和言语都是可怕的；她的沉默中也带着讽刺。

她厌恶我的姨父家里那一批人们的卑鄙，她是用骄傲和冷嘲的态度去对待他们。有一次我姨父的一位哥哥告诉她：

"别人都说你的态度不好。"

"态度不好？我并不多说话！"姨母说，脸上带着冷嘲的笑。

"你太少说话了，人家都说你傲慢。"

"傲慢？那我倒不曾想到这个，我没有安心要去这样做。只是我瞧不上眼的人我是不愿意去和他们说话的。"姨母说。

"瞧不上？是你丈夫家里的人呀。那你可不是也瞧不上你的丈夫了吗？"

"不幸得很，我的丈夫死得太早。"姨母说。

"那么这是你丈夫的家呀。既然瞧不上，怎么可以住得下去呢？"

"嫁鸡便要随鸡，嫁狗便要随狗，这是妇道。遵守妇道不是比态度更要紧吗？"姨母说，带着轻松的冷嘲。

"人家都看你不说话，当你真是一个贤德的妇人。"姨父的哥哥说，他带着一点儿愤怒。

他来和姨母谈话的目的是希望她比原来再和顺一点儿，他觉得她对他们不如他们理想的那样服从，这就是说，他们不能如理想的一样去办那件事：就是叫姨母把姨父的那张房产契约交到他们的手里。

"我不是一个真的贤德的妇人，那么我是假的。可惜我的丈夫已经死了，不能叫他退婚，退了以后去换一个真正贤德的。"姨母说。

姨母是不爱去找人说话的，遇着别人来找她的时候，她的这种态度是不大改变的。因此她周围的人们的心中，对于她的感觉是嫉恨胜过同情。逐次地不但她不去找人说话，别人来找她说话的时候也慢慢地减少。

除开这样一种性格而外，她还有一种特殊的个性：她认为"钱"是最卑鄙的东西，许多人作恶的动机都是为着"钱"而起的。没有了钱也就没有了罪恶。因此她对于"钱"，除开是她日常生活上必需的以外，她总抱着一种轻视的态度。她说守财的人并不能把自己守了一生的钱财带进棺材里去。但是她非常信仰儿子，以为儿子可以决定她的终身幸福。

当我的姨母四十岁，她的儿子二十岁了。她时常表示：

"现在我应该幸福一点儿了。做了这些年的寡妇，好像当了这些年的罪犯。我还不应该老，但是已经老了。然而我的儿子要使我幸福了。"

她一点儿也没有留下钱。她说：

"为了要使我的儿子成长，我一点儿也不爱惜我的钱，钱可以换一个好儿子。"

这时她的生活和性格都有点儿变了，她没有从前那样好酒，也没有那样好讽刺。她没有多的钱，只有姨父家里分给她的半座房子。但是她很平静而快乐。

从这时以后的好几年，我不很清楚她的生活，我只知道她比少年时候快乐而幸福。我的母亲临死的那年，因为我们的事她来到我们的家里。这时她告诉我的母亲说，就在她预备来到我们那里的时候，她的儿子病死了。

这时我们还是四个人住着，晓凤、外祖母、我自己，母亲换成了姨母。

我的姨母，从现在起不再是一个坚强而可爱的人了。她充分地，几乎是整天地发挥着她的讽刺天才。她每天总拿着酒杯，把眼泪滴到酒杯里然后再把酒饮进去。在这样的行为以后，她便说出许多带着神经质的讽刺而诅咒的话。她最爱说：

"人是没有同情心的。如果人类有了同情，世界上就不会有那样多受苦的人。因为钱财和子孙都要私有，所以人类不会有同情心。"

然而她从不诅咒命运。她的意见是：

"我的母亲对我不负责任，要不然我不会嫁到那样一个坏的家庭里。"

从那时起她总是抱着这样的思想跟表示这一类的态度。

这时她以一种特殊亲密的关系住在我们家里。她没有一点儿别的爱好，她没有一般中年或老年的妇人那些惯性，把信仰和希望寄托在宗教上，企图用斋戒解脱自己的命运。相反地，她最痛恨那些人。她时常告诉人：

"吃斋和念经的那些人，他们不是欺骗自己便是欺骗别人；不是傻子就是最坏的坏人，因为做那样的事可以在庸俗的人面前遮掩自己的罪恶和卑鄙。"

她还说：

"如果以为杀了一条猪和牛是不仁道的事，那么为什么不去想法子叫人不去杀人。事情恰好相反，我知道有许多每天在吃斋和念佛的人，偏做出了许多杀人的事。"

对于禁酒的人她也是用这样的眼光：

"酒的坏处就是会使人行为混乱。可是许多不知道酒味的人竟做出许多坏事，比喝醉了的人还要凶狠。"

因此她也反对禁酒。我每天总看见她在吃饭以前端起酒杯子，有时在她端在手上的酒杯面前露出一丝嘴角上的冷嘲的微笑，接着她便这么说：

"你们不要嘲笑我，我并不感觉到贫穷和孤单，世界上正有很多比我更孤单和贫穷的人。"说完这样的话以后，便让她眼睛里的泪点，通过从前是美丽而现在是憔悴了的颊上滚到用手端着的酒杯里，然后把一杯酒一口喝下去。

她起初只是因为爱酒，喝了酒以后便显露出因感伤而促成的神经兴奋。后来渐次由神经衰弱加上酒精的刺激，形成酒后的神经失常了。

这时许多亲戚跟熟人都劝她禁酒，可是当人们劝告她的时候，她总用一种以为别人是在讽刺的冷嘲的答复，比方说：

"为什么你们不去劝告那些杀人的人停止杀人？酒是比杀人的刀更坏的东西吗？"或者是：

"为什么当我年轻的时候你们不劝我的母亲别把我嫁到这样的人家去呢？如果说你们从前不知道我的现在，那么你们怎么知道一个喝酒的人的将来呢？"

"我是最看不起吃素和念经，和禁酒的人的。连说这样的话的人自己也是虚伪的。你们看不起别人没有了青春、财产和子孙，难道你们一定能保险自己永远不老、不贫穷、不孤独的吗?"

经过很多这样的次数以后，没有人向她再提到禁酒的事了。

我的姨母由于好饮，慢慢地中了酒精的毒。她的神经经常是兴奋的；因此在她的性格上添加了不少愤怒、猜疑和嫉妒的因素。有的时候竟然有许多神经失常的状态表现在她的言语和状态中。可以说这情形是她生活中的不幸。她的这种不幸，因为她总是和我们一块儿生活，也就成了我们的障碍。

她有一种人生哲学，就是她反对别人加在她身上的事，或者是她自己因遇见过而懊悔的事，她却赞成别人去做。她还赞成儒家对于女人的贞操教条，当她高兴的时候就向我们用宣传的方式说：

"结婚是女人的终身大事，为着你们的事，我常常失眠。"

当她最初说这样的话的时候，我总带着轻视的感觉，那话对于我只有一种朦胧的力量，这力量对于我只有一种仿佛一个在运动场里面的足球对于场子外面的观众，球有被踢到他们身上的可能，但是事实上很少见。同时这样事情，"一个女孩子，她的终身任务就是去嫁人"，简直有引起我发笑的可能。

那时我对她这样的话感觉可笑，并不是对于那话的本身，是她自身对于这话的证验使我发笑。

除此以外，这话对于我，简直连反驳的必要也没有。

本来我觉得我的姨母是一个聪明而应该被人同情的人，现在我却变了我原来的感觉。我简直有一些讨厌她，我觉得她尽爱说些我从来没听过而且一点儿也不使我发生兴趣的话。

有一天下午，我的姨母神志清醒，她的身旁一点儿没有酒的气味，她的态度严肃而冷静。晓凤正在跟她说一件有趣的故事，她忽然打断了她的话，用了一种她自己以为很可尊敬的表情向她说：

"我再不愿意管你姐姐的事。你的母亲也说过，她是一个不驯服的孩子。我也不管她的将来，因为我已经知道她在背地里骂我。但是，你是一个好孩子，你舅舅那位朋友的太太喜欢你。"

"啊，不是舅舅的朋友的太太也可以喜欢我。不还有别的许多人喜欢我？"晓凤说，她的眼睛睁得挺大，怀疑掺入了她脸上的天真。

"对。我知道也有别的许多人喜欢你。但是他们家里顶有钱，她的父亲从前做过尚书，她的丈夫现在是上海一个保险公司的经理，他的儿子在大学念书，将来父亲要送他去外国。"姨母的脸上显出一种胜利的骄傲。

房子外面的天已经走向了黄昏。屋子里发着灰白的颜色。姨母的矜骄而自负的脸上带着一些愁惨，好像忏悔着自己才说出来的言语。但是她又加重了一句：

"你是一个听话的好孩子。姨母很疼你。"

"呀，这我可不明白。您刚说那位太太欢喜我，为什么现在又说这么多？他爸爸、他儿子的事情跟那太太喜欢我有什么关系？请您别往下说了，我不爱听！"晓凤说，她的眼睛里溢着愤怒的眼泪。

"什么，不爱听？这像一个孩子说的话？不爱听我也得说，我想你明白，这是我的责任。"姨母带着忏悔似的愤怒的音调。

"我不听，我不爱听这样的话，请您别说了吧！"晓凤说。愤怒充满在她的声音里。

"不听，我还是要说的啊，这是我的责任。"

我气得不想说话。晓凤的脸上露着幼稚的但是已经懂了人情的被愤怒抑住的笑。我们用着从来不曾有过的鲁莽逃出了那间正进入了黑暗的房，她的话散发在我们身后。

大地上布满了春光。柳絮在院子里和街上飘展着，好像在向人们矜骄着它们的自由和解放。

在春天，一切人们都是快活的，寒冷得使人要停止呼吸的风没有了；一切的人们都是自由的，笨重而缚人的衣服被脱去了；人们都在欢笑着。

我开始讨厌我现在所生活着的家了。我觉得我没有说话和行动的自由。我每天都得被迫着去听许多不愿听的话，看许多不爱看的行动和表情。

我讨厌我家里的那只小猫，我觉着它的眼睛时刻向我闪着敌视的光，它像时刻在告诉我说：

"你那倔强是不对的。你不听见时时有人在骂你？女孩子是要服从别人的意见的。"

我讨厌我的那张摆书的桌子，因了它，竟会阻碍我许多行动。我讨厌我天天出入的那个房门，和对在我床上的那个窗户，它是那样平凡和不变地早上透着白光，晚上呈着黑暗。

我家里的一切，都使我感觉厌倦和抑郁。我觉得，简直可以说是看见，横在我们面前的有一条壕沟，那壕沟里站着的便像是我的姨母，那样一个妇人，她的脸是憔悴的，为着要复仇，她的神经因委顿而变得奋发，她被人灌醉了药酒以后被扔到壕沟里。她要复仇，然而寻不着要复仇的对象；现在她正向着一些被她所忌妒的人举起了一个装满了药酒的瓶子。

壕沟在我那样一种生活的前面，人们不避开便要被推下去。

春天是温和而妩媚的：花和杨柳都绿得可爱，太阳放着灿烂的光辉。然而那些灿烂和妩媚中却隐藏着威胁的面影。在那温和同时也带着威胁的风里，仿佛有这样一种歌唱的声音：

> 我是春天的风，
> 我是保护自由的文献，
> 我奉着太阳的意旨，
> 要把生命的
> 意志之花的花瓣吹送到
> 人们的面前。

> 我是春天的风，然而
> 我曾经过积着厚雪的山顶
> 和铺着沙漠的荒原。
> 我跨过雁门关和
> 太平洋，来到这
> 温暖的地面。

> 我是春天的风，
> 我勇敢而坚强。
> 我爱我自己，也爱
> 地上的人们，
> 我愿意把勇敢的人们
> 带到光辉的太阳之上。

我是春天的风，

我展开我的翅膀。

自由之神把蜡烛插在我的羽翼上，

它叫我去告诉人们：

"只要你们也展开你们的翅膀，

光辉就在你们的前方！"

　　我对春天有这样的感觉。我总觉得它对我过于威胁，它的毫不停息的精神使我感觉可怕。然而我对它是充满着一种朦胧的希望，它的确在我的生命之上开放着不断的花朵，奏着日夜不息的音乐。

　　但是我仍旧生活在我原来的家里。壕沟在我的面前，春天的风在壕沟外面旋转着，它再也不能吹近我的身边。

　　我感觉着在我的周围有着一种什么引诱的力量，这种力量给了我一种暗示，叫我去破坏我旧有的生活。也可以说，叫我去破坏我旧有的生活的，并不是别的外在的力量，这力量正是我的生活的本身。它已经宣布了它不使我留恋，实在它也没有一点儿使我要去停留的。这些都表现在我每天所遇到的声音和颜色上，我讨厌它们好像讨厌我的不合体的服装，像我这样的人是不适宜于某一种服装的。

　　比方说，我爱运动，我的姨母却告诉我那是一种粗野的行为。我爱唱歌，她说那是一种优娼的专技。我爱出去找朋友游戏，她说成天在外边游荡是一种不贤淑的女孩子。这种女孩子，是不被人喜欢的。我要上学校去念书，她说上学堂，特别是上男女同学的学堂的意义，就是送去给那些男教员和男学生们去欣赏

101

和消遣。

　　我想做和爱做的事，就这样一件一件地被她的言语和脸上的颜色否决了。她并没有用一种物质的力量压迫我，命令或禁止我去做哪一件事，但是她能使我因违反她的意志而感受灵魂的苦痛和不愉悦。

　　记得有过这么一回事：我曾有一位表舅父，是一位很诚实的少年，一个大学四年级的学生。在他的学校里，学生都是穿着笔挺的西装、脚尖上发着亮光的皮鞋。头发有的梳到后面，也有的梳到两边，头发也是光亮光亮的。表舅父却不是那样；他时常是穿着一件灰色的布袍子，脚尖跟头发上都没有那样的光。他很少去电影院，下课以外便在图书室里。姨母很喜欢他，说他很朴质。他时常来我们家里。

　　那个暑假，他来教我们念英文。

　　舅父除开诚实以外，还是一个性格异常温和的人。他时常说："我的脾气就跟我脑袋上的头发一样。"这意思就是他不被某一种形式跟礼节所拘束，但是当他教我们念书的时候，我们都觉得他非常可怕，他严格得像一位真正的教师。

　　他每天下午按着一定的时刻来，来了以后便按着一定的程序教授课目。他用一种中学教师对于中学生的方法执行对我们的任务。他每次一定要叫我们先合上书，站到离他两尺远的地方背诵头一天的生字，然后回答他的问题，然后便由我们把自己所预备的当天的课讲给他听。这样，当他认为满意的时候，便抬起头，用眼光从黑框子的眼镜内闪出一点儿微笑的状态。如果他觉得不满意的时候，便呈现着一位真正教师一样的严肃的状态说："这样不可以，要用心啊！"

在这样一位教师面前，我们把暑假过去了二分之一。南京是有着一种完全的大陆的气候的；暑天里不像上海有海风，更不像北方那样凉快。夏天，即使在夜里，南京的住所的院子是没有风的。经过一天炙热的阳光，青草跟树叶子都干枯得卷起来。

然而我们大家，教师跟我们，并不觉得炎热的威胁。我们的工作并不曾受着阻碍。

暑天过了一半。一天，舅父告诉我们："再像以往一样继续一个月，你们可以不害怕应付高中三年级的文法了。"

又过了一星期。一个下午，过了上课的时间，舅父没有来。第二天又没有来。第三天早上，我跟姨母说，我想打一个电话给他。姨母说："我看不必。"我问她为什么。她的脸红了，把正端在手上的酒杯"嘣"的一声搁到桌上说：

"是我叫他不必来的，女孩子，每天跟年轻的男人在一道，让人看着不像话。"

"男人？不是舅父吗？"晓凤说。

"那，总是男人，年纪轻轻的男人。"姨母说。

从那次起，舅父不来了。

夏天的日子像船在水里似的滑了过去。一切都平凡和庸俗得像下雨天的山坑里的烂泥，然而这些烂泥却会随时沾在人们的身上。

夏天过去，秋天来了。秋天好像在人们很不注意的当中来了；因为至少，在我们的家里各方面都没有一点儿因天气变更而变更的气象。

一天，是一个很阴郁的日子。姨母不在家。晓凤很紧张地跟我说：

"我们得离开这里，要不然，很危险。昨天晚上我看见姨母手里拿着一张红色的纸帖，见了我她很快地把它藏起，……况且，我们不应该在这样一种环境里生活。我们一点儿也不知道世界上的事。"

"你说什么，逃走？"我问她。

"是的，没有别的办法。但是没有钱，你说怎么办？"晓凤说，她的样子很兴奋。

"是的，一个钱也不在我们手里。我懊悔早没有逃走。妈留下的金子都给花光了，连旅费也没有了。"我说。

"如果有旅费的话，又到什么地方去呢？"她笑了。

"上海陈珊家里。我去年看见她的哥哥和嫂子，他们向我表示愿意我住到他们家里去。他们没有钱，但是也不怕没有钱的人。去年当我第一次看见她的哥哥时，他便领我去书局买了一大堆书送我。"我说。

"哦，这人很有趣，很不庸俗。我的意思是说他很慷慨。"晓凤说。

"是很慷慨，非常慷慨。送我那么多书，而且是很贵的。"

"我最喜欢慷慨的人。吝啬的人是最下流的东西。像七表舅舅，他盖洋房，但是他骗他侄子的钱。"她说。她坐在门边的一张大靠椅上，两只手交叉着，说话的态度很像一个成年的人。

"我还听说七舅母把客人给她用人的洋钱都换成假的。"

"嗯，"她说，"我以为我们现在还是应该说自己的事。"

"自己的事？就是一定离开这里。"我说。

"没有钱。"晓凤说。

"写信去给陈珊。"

我跟晓凤时常都因着极小的事发生口角。比方说，她念书的时候，总是把桌子拉得很乱，我说："你为什么不收拾呢?"她便会用一句使我生气的话答复我。在夜里，如果我说："开着灯我睡不着呀。"她时常会说："乡下人才睡得那样早呢，我要看书。"我总想着："跟她住在一个房间很不合适啊。"

可是现在我一点儿也不觉得跟她住在一起不合适了。我一点儿也不讨厌拉得很乱的写字桌子跟开着灯睡觉。也许我记不明白，也许是她不拉乱桌子，晚上也不把灯开得很迟了。

第 三 章

和暖的风吻着树叶子跟满布着青葱的大地；人与人的力相互地融和着。歌唱包围着我；包围我的歌唱不是箫管一类的妩媚的音乐和清脆的声音，是那些能够征服宇宙跟人的周围的坚硬的知识和战斗。

那是一个简单而精致的小房间，上海人叫它亭子间。在这小房间里我们住了三个人，陈珊、晓凤和我自己。我们同在一个学校里，也在一班。白天我们去上课，晚上我们就在这小房间里谈些各种故事，和我们白日里所听见或学习到的东西。

"法罗者。"晓凤总爱用四川乡音去模仿一位社会学教授的话。"罗"是"律"字的四川某一个地方的乡音。我们还爱用许多市面上流行的名词加在我们的教授和同学的身上。比方说，有一位爱戴白珠子大耳环的我们同班的女同学，我们便叫她电灯泡，有一位大头和细腿的政治学教授，我们便叫他"锤子"。一个整天总是毛着头发的男学生我们便叫他"刺猬"。

陈珊是一个好读书而少说话的女孩子，人家总感觉着她的内心蕴藏着许多抑郁，抑郁减少了她的言语。但是当她说话的时候，时常由那些幽默的词句打破了人们对她这样的观念。

比方我们说文科主任的说话太快，快得使别人没有方法记录。我们这样讨论的时候，陈珊便把整齐而洁白的牙齿露在嘴唇外面，把微笑掺在我们说话的声音里。如果我们问她：

"你有什么意见，你说那样的话是太快吗?"

"是的，而且很响。最好的打字员的打字才是那样的呢!"说到"打字"这里她还是微笑着，别人却大笑了。

在这间小房间里她是主人，晓凤跟我是她的客人。但是她对我们的态度没有使我们觉得这个，好像这间小房间是我们三个人共有的。

她有着温和得像母亲一样的性格。她的脸不是和花一样的美丽，但是时常带着一种温和的宁静。她的动作和姿态可以使别人由烦恼而变成愉悦。

她的身体不是苗条得使人惊异，但是它的康健的发育到了正是应该的程度。从她的外形的一切，绝不会使人想到她缺乏某种的健康；也因了这使她过分地沉默。因为她健康，她从早上到晚上总是几乎不停地工作。因此有人叫她书呆子。

可是这个名称我没对她使用过，因为我知道她不是书呆子。她很爱注意到社会跟人们生活的问题。她时常告诉我说：

"因为我自己以为说起话来太多，所以我要少说话；但是我以为必要的时候我还是得说。"

"你为什么有的时候会发那么多议论呀?"我有一次问她。

"那算多吗? 我赞成念了书应该明白书和生活的关系，这是

106

需要谈论的。"

"对。"我说。

的确，陈珊是一个特殊的人物，除开静默就发议论，除开发议论，就守沉默。她很少说许多年轻人和孩子们爱说的无谓的闲话。

除开我们三个以外，那时还有一位唯一的我们的女朋友，她在一个女子中学念书，她的名字叫宋景。

她是一个经营着兴盛商业的买办的女儿。她的父亲每星期都领她去看影戏，每天给她买许多很好的糖和水果，每季都要给她做许多新衣裳。

有一次她告诉我说：

"我不爱时常换衣裳，我爱时常看新的书。"她又说：

"我一点儿也不喜欢我的父亲；他简直是一个坏人，只会去巴结姨太太，把我的母亲不当一回事！"

我很知道宋景实在是很爱她的父亲。但是她更爱她的母亲。她感觉矛盾的时候就这样说。在她的心里的确时常有这么一件事环绕着：侮辱了她的母亲的父亲，她是不是还应该去爱他跟尊敬他。如果她不爱她的父亲，父亲要爱她，她应该怎么办？她这样地想过很多次，但是很多次都没有解答。因此假如有人问到她的父亲时，她只像一个母亲对于不孝子的态度一样，摇着头笑嘻嘻地说：

"真没办法，我真恨他，我实在恨他。"

她长得很娇艳，姿态很美。她那轻快而柔和的语调，使人一听就知她是一位南国的姑娘。她的动作中有一种南国姑娘特有的姿态美。她说话的时候喜欢把头偏着，从飘洒的眼光下露出一排又细又白的牙齿。

她很活泼，爱说许多有趣的话。不是非说不可的话，但是当她说完了之后，人家会感觉得她的话是应该说的。别人听她说话好像肚子虽然不饿然而愿意吃水果一样。

她不只是爱说许多轻松而有趣味的话，她也爱讨论人生的问题。

她每天都要读许多书。她能背诵许多古的和新的诗，看过许多小说和剧本，还看过一些革命的书籍。

有一次，我问她：

"你为什么会对这些流血和战争的书发生兴趣，你不觉得危险和可怕吗？"

"我不爱流血和战争，但是我以为书上面的理论很有道理。起初我听人说，唯有这样的办法才能够解决社会与人生的问题；我以为说那样话的人不是说疯话，就是残忍。他们拥护流血与战争！后来听见我的小舅父这么说，觉得很奇怪，因为我知道我的舅父绝不是一个残忍的人。后来我也弄了一本书来看。看了之后，我觉得有一点儿奇怪，不只是奇怪，简直我以为他说得很对。"她说。她好像要把她所知道的东西都告诉我们的样子。

宋景的小舅父是一个高高的身体，长瘦的脸，大眼睛和雪白而整齐的牙齿，说话的时候喜欢夹些"那么""那么"的漂亮的青年。

小舅父是宋景母亲的最小的兄弟，因此她这样叫他，我们大家都这样叫他。

我第一次看见小舅父是在宋景的家里。他的脸很苍白，这种不适当于他脸上的苍白的颜色，在人们面前显示着他新的牢狱的经验。

"你看我的样子像小舅父吗?"当我第一次看见他的时候宋景这样向我说。

"不错。"我说,"一看就知道他不是别人的舅父。"

"谢谢你。"小舅父说。他的嘴角上带着善意的诙谐。一个装在盒子里的提琴搁在他的身边。

"他要搬到乡下去了。"宋景说。

"是的,提琴家应该住到乡下去。"我说。

"这倒是另一个问题。"小舅父笑着。在他这种笑里面,仿佛带着一些对于自身的讽刺。

"医生说他有肺病,要去乡下休养。"宋景说。

"嗯,看我,从前跟牛似的,现在,男性的林黛玉。"小舅父笑着。

"不要牛呀羊的了。我赞成今天下午去看一看那房子。我倒愿意你早点儿搬去,我们好来玩。"宋景说。

"对。这理由最正当。"小舅父说,他又笑了。

从某一天起宋景的小舅父住在野外去了。

有一次,一个夏天的傍晚,我和宋景去到他野外的住宅里。他正穿着浴衣,坐在有一长排树林子的门口,两只手抱着提琴,唱着歌。看见我们,用他敏捷的手把提琴搁在他门边的一块方石上,然后挺起笔直的腰,站起来。

"哦!"用那富于音乐的声音,他把这惊喜的字眼送到离他将近五步以外的我们面前,露着白牙,显出愉快的微笑。

"我们都当你睡觉啦,小舅舅,我们要来吓你啦!"宋景说,她把头歪到肩膀上,让乌黑的头发遮盖了她的脸颊。

白云盖着我们的头顶，星光压着树林子。透过树林子的星光使得苍白的人更显得苍白。

小舅父刚站起来，还没有说话，又重新坐下。

"你们要听我拉的提琴吗？"他说。他把刚才从手上搁到方石上的提琴又拿到他的手里。他动了一动眉毛，仰起头来望了一望正有一块白云在消散着的天空，然后又低向他的提琴上，开始用他多情的手拉奏起来。

"小舅父，你的提琴拉得真像恋歌一样的动人啊！"当他正拉完了一个曲子的时候，宋景这样说。

"恋歌，我一向都对于恋歌没有缘分。"小舅父说，嘴角上露着轻微而敏捷的笑。

"啊，是的，我说错了。不是，是我忘了，你现在还没有女朋友呢。可是，你拉的提琴总是美的，像……圣诗一样的美，对吗？"宋景说。

"我没有那样伟大的灵感啊！"舅父说，他的眼睛望着提琴的弦子。

"啊，我知道，你害怕太现实，又怕太不现实。对吗？小舅舅。"

"我不明白你的意思。"舅父说。

"我的意思是说你害怕太接近人生，又怕脱离了人生。你是要介乎人和神仙两者之间的。"

"你越说我越不明白了。年轻的姑娘，请你别说了。你的话比我拉的提琴还要使人难懂。"小舅父敏捷地笑起来。

"你不懂？我偏要使你懂。我说你歌颂爱情，爱情是人间很平凡的事，所以你不承认。那么我说你歌颂上帝，你又觉得对于上帝的观念太理想，你又不承认。我没有说对吗？"

"姑娘，你真是一位幻想的人物。你以为只有爱情跟上帝才是最现实跟理想的事物？而且你把现实跟理想分成像上帝离人那么远。那么我要问你，你所追求的是什么？是怎么样的爱情？什么性格的上帝？……假使你所理想的爱情不能成为你的，上帝不能使你得着你所想要的东西……"

宋景把头低到弯着的双膝上，手里弄着镶在白绸子衣服上的蓝色的花边。天空中的白云慢慢地从南面移到北面；星星眨着眼睛，仿佛在讥笑着人间可笑的事情。

"姑娘，发表你的意见呀！"舅父把手里的提琴"呀"地拉了一声又放下来。

宋景没有说话，只是从她靠近膝盖的脸下发出一声轻微的笑声。这笑声证明她的脸已经在因为紧逼的问题的终点而在泛着红色。

"那么我要自由！"她说。

一阵和暖的风从我们前面的麦田里刮过来。风中夹着一些成熟的稻子和野花的香气。

"晚了。"我说，"人生哲学应该停止讨论了。"

"我们应该去散步。"舅父说。

我们离开了这休息的地方，走到屋子前面的一个广大的草场上。草场上有短而整齐的青草，和刚染在草上的露珠。

这时宋景好像和我一样不想说话，只仔细地呼吸着从城市里带来的夹着尘土的气息。

这时云已经掩住了星光。我们担心着要下雨，便离开了舅父的草场。

这是我来到上海的第一个暑假中所遇见的有趣的生活。生活是有趣的，然而讨厌的事多于这样的生活。在这暑假将末的一天，是一个晴热的日子，柏油路上的柏油变成了液体，狗拖着尾巴，伸着鲜红的舌头，喘着紧促的呼吸。一位初看上去有一点儿生疏的、三十多岁的绅士来到我们的客厅里，是我的客人。

"姨母叫我来看你们。"他一开始便这样向我说。

从他的语调里我能回忆出我对他曾经是熟习的状态。他说起话来脑袋有些摇晃的自信的风度，拘谨而慈祥的局部的面貌，高挺而矜持的躯干，以及在他将要说话之前，从鼻孔里透出来的像一大群蚊子声音的腔调，都和我曾经见过他七八年前的状态没有分别；可是当我没有用这样的方法去分析时，他的一切都变了。因为他那原来是瘦黄而长方的脸，现在变得像刚出火的大圆面包一样，丰满而发着红光。那细直而紧绷的身体，现在变得弯曲而壮大。尤其是向来使得他的脑袋跟肩膀距离得很远的那一根细脖子，现在仿佛已经缩短了尺度。但无论如何我一看就认得他是我大姨母的大儿子，是我的嫡亲的表兄。

"你们预备在别人家里就这样住下去吗？"他说完了第一句话之后说了些很适合于几年不见的客套话，客套话之后就这样说。他说话的语调好像表示着要在我面前施展什么神术。

"我们预备住在这儿念书。"我说。

"念书。你以为只有在上海才可以念书吗？"表哥说。

"是的，至少在我现在的环境是这样。"我说。

"如果还有别的地方呢？"

"没有。"

"北平呢？"

"那儿我没有朋友。"

"你能相信陈先生这一家子会是你的朋友吗？"

"不但是朋友，而且是好朋友，他们能够帮助我。"

"我看你大概是因为太年轻，你脑子里想的一定跟你嘴里说的一样没有分寸。"从他鼻孔里的笑声和扬抑的眉毛，我看出他对我有一点儿不自然的感觉。

"我说话没有分寸？我是先想后做，做过以后才说，我刚才说的话现在已经证验了。如果他们不是我的朋友，你今天能来看我吗？"

"你带了多少钱来？"他说，他装着法官似的脸。

"不多，刚够念半年书。"

"以后呢？"

"再说。"我简直不想答复他那等于没有向我说话似的问话。

"再说，什么意思？任仙的太太还会给你们寄钱吗？"

"我知道，他们对我们的借款不会再还了。"

"嗯，那么你们还预备在这里继续上学吗？学校可以免费吗？"表哥把身体从坐在的沙发上立起来，沙发"喳"地响了一声，他的身体立时挺出一个弓形，很像弹簧就在他的身上。

"学校不能免费，但是有人可以借钱给我。"我说。

"我看你有一点儿糊涂。你明白，大凡经济的援助都是有条件的，女孩子的条件是什么？"

"我知道，比方说姨母想拿人家的聘金，条件就是要把我嫁给人。"我说这句话的时候，嗓子拉得很大，简直使他吃惊。他脸上的神色好像在告诉我，他绝没想到我在他面前会那样顽强。他沉默着，很快地从他那有着鼓圆肚子的西装裤袋里掏出一只发亮的烟盒，从烟盒里取出了一支橙色的烟卷，然后很慢地把火点上去。他用这样的动作去说明他刚才的沉默是为着在计划着这支吕宋烟。

"我不是说世界上都没有可靠的朋友，但是你应该把对象弄清。我看陈先生是一位很好的政客，现在你们正住在一位政客的家里。你以为对吗?"表哥说，他的手不断地搓着那支烟卷。

"那么您说叫我们怎么办？我现在第一件事就是要念书。"

"我从来也没反对过你的主张，我的意思是让你们住在我家里。"

我知道表哥还有一大篇很漂亮的议论，并且他议论的终点一定是说我没钱，然后他便可以拿与身份跟名誉有关的话来恐吓我。

"我愿意明天再见你，现在我要去补习学堂。对不起，×哥。"我说。

他带着不满，但是并非事出意外的神色走了。

第二天下午，他叫人送来了一张条子，条子上写着：

"今日有事，不能造访，请于明晚六时半来顾行长家晚餐。"

"顾行长"，这看上去对我带着威胁而夸张的名词，使我立刻觉着仿佛有一种真理似的东西在我后面，那就是有钱和高位的人可以号召人和事物。

第二天下午到了。

顾行长住的是一座有着花园，和有陈列着古董的客厅的房子。

我走进这所房子的客厅里。在这里我没有看见顾行长，只看见两三个鞞着膀子的差役，和几对一看上去就知道什么也不会只会拥抱的男女。电风扇在顶棚下面忽溜溜地旋转着，把香烟、头发，跟女人脸上的粉气调和起来。

"这是我的好朋友顾行长的夫人。"表哥告诉我。他像做体操一般把手伸出去又缩回来，跟着他的手所指示的方向，我认识了位三十五岁以上的、矮而胖的太太。为着表示她是这屋子的女主人，她的脸向我做了一个情绪和动作不统一的微笑，又好像为要特别显明她脸上那埋在粉里的斑点，和因失眠而肥肿的眼皮，两粒用白金嵌镶的牙齿从她嘴里放射出了一道辉煌的光彩。

在这位太太面前，我感觉不是我的年龄，而是我的生活太年轻。我对她肃然起敬，而竟坐立不安了。

"你的表哥请你来让我跟你谈谈。"顾行长太太说。她的纯粹的杭州方言里带着一些火辣辣的腔调，这腔调是当我听木匠锯锯子的时候，曾经感觉过的。

"你的表哥说他对你们姊妹很关切，所以决意要领你们上北平去，住在他家里。听说你们在这里是住在朋友家里。朋友家可是比不上表哥的家呀，你去经验一下试试吧。"顾太太说了这一段话，说话的时候把嘴一歪一歪的。

"我们不是不愿意去北平，只是因为表哥自己不常住在那里，那对我们不是……"我没有说完，顾太太很快地接上去。"你的表嫂很好，她比表哥更好。我不知道您的意思怎么样？"

顾太太的脸上装出许多笑的皱纹，然而那皱纹又像不是因笑才有的，我简直摸不着她的情绪。本来跟这样一位妇人去说话根本就没有找清她情绪的必要，只是有一件，在那时候，她的情绪可以代表我的表哥，对于表哥我是要有取得胜利的必要的。因此我一定需要明白她那时的感情。

汽车喇叭在门外响了。跟着喇叭的声音走进一位身体矮胖、年约四十以外的绅士。他的嘴上横了两条细小的黑胡子，在黑胡子分到两边去的脸颊上挂了几道带着匆忙的微笑的皱纹。他的眼睛实在没有看着屋子里的任何人，但是装作对每一个人都在应付地微笑。

　　"这位是顾行长，这是我的表妹。"表哥又像做体操一般地把手抬起来，然后又放下去。

　　"顾先生。"我叫了他。我没有站起来。

　　"呃，×小姐。"他有着胡子的两旁的脸颊又在微笑，但是仍旧没有看我。这好像是他的一种习性，也许就是所谓"长"的气派，总用眼睛避免去看人以表示他的尊贵。

　　"你看，这许多人都在等着你哪。大概你把请客的时间忘掉了！"顾行长的太太拥着一个只是丰满而线条不清的身体，把屁股一摇一摇地走到顾行长面前。她的脸上呈着一种特殊的微笑。这种微笑如果显在一个本来是温和的，而新鲜一些的女人的脸上，那是适当的，也许会引起别人的微笑。但是对于她，这样的笑法完全不合适，倒给了人一种可怕的、阴谋的谄媚的感觉。

　　顾太太用了她布置客厅里摆饰的手法，把这一批客人布置在一张摆上了水果与菜肴的圆形餐桌面前。她把她自己布置在我的座位旁边，把表哥和行长布置在我们的对面。

　　顾行长把眼睛看着桌子，上面眼下面的嘴唇动了一动。

　　"要什么？"顾太太说。

　　"酒。"行长说。

　　"喝多了今晚上可不能去开股东会啦。"顾太太说。

　　"不要紧，喝点儿酒说话畅快。"行长说。他本来是说的南方式的不纯的国语，可是对于这个"不"字，他是像北平话似的拉得很长。

顷刻之间，门边走进了一个下巴长着胡子，但是脸上发着红光的差役，他的手拿了两瓶已经开好了的淡黄色的酒。行长一连喝了两杯。他把宽而圆的肩膀耸了一下，吁了口气说：

"唔，一天的辛苦！"他把细小而发光的眼睛向全桌的人扫荡了一转，然后好像避免什么似的又赶快收了回去，换了一个微笑，把自己的话又重新开了一个头。

"我时常跟我的侄女说，一个少女总是爱整天捧着镜子，欣赏自己的容颜，这便是处女的矫作。可是绝不从自己的容颜上打点到后来的事。女人总是要有归宿的，可是要正当自己可以骄傲的时候去打算。因此我时常说，处女的矫作是可贵的，但是不能保持得过久。"

"唔，不错，你的话很有哲理，简直是真理。"表哥也说南方式的国语。然而他也学着北平的官调，把"真"字说得又重又长。

顾行长又喝了两杯。

"×小姐，我今天是给你的表兄饯行。听说你也要跟他一块儿去北平，所以我也给你饯行。"他的眼睛又使了一顿扫荡的方式。

"是吗？谁说我要去北平？我自己一点儿也没有这样的打算。"我说。我有一点儿愤怒，但是我觉着那时不应该发作。

"令表兄跟我太太都这么说。"行长说。

"哦，我没想到。"

"难道你不愿意吗？"

"她不是不愿意。年轻的女孩子总爱耽在上海，上海好玩，

117

北平老实。是吗，×小姐？她想开了就不是这么样啦。老耽在这儿怎么说法呀，又没有亲戚什么的。是吗，×小姐？"顾太太说。她说这一段话的姿势，像是害怕我把行长的话回答错了的样子。

"不是。我没有想着上海好玩，并且上海也并不好玩。也许有人觉得好玩，不过我不是这样。"我说。

"唔，当然最好是跟顾先生一块儿走，热闹。不过这问题如果解决了，我就等几天也没关系。"表哥说。他把一支吕宋烟衔到嘴里又拿出来，然后从嘴里喷出一阵白色的浓烟，好像从这浓烟里带出了许多忧郁的、没有被他解决的问题。

"很辛苦！替我给陈秘书打一个电话，就说今晚的会我不出席了，就说让他代表我出席。唔，唔，就说让他……"顾行长离开了筵席上的座位，单独地斜躺在窗口边的一张沙发上，用疲乏的眼皮命令着他的夫人。

"那么，你今晚打算怎么样？"顾太太拿起电话筒，眼睛望着沙发。

"找地方玩去。你们大家别都不说话呀，大伙儿想想，我们上哪儿玩去？"行长说。

"打麻将？"一位穿绿西装的年轻客人说。他从进来以后直到现在，没有说过一句话，也没有做过一次使人注目的任何举动。他老是挺规矩地坐在他应坐的地方，好像天生他就不应该使人注目似的。他跟行长的秘书同姓，名叫芳，大家都叫他陈芳，是行里的一位顶年轻的会计员。他是刚才进到银行界，也可以说是职业界来，更是第一次被邀请到一位行长家的宴会上。

他提议打麻将的意思，并不是他对麻将有任何嗜好，也不是因为今天晚上他对麻将感觉兴奋；因为他曾学习过：在这样一种场合，如果他能说出一句使这样一位主人中意的话，便是他的胜利和光荣。

当他说完这话的时候，他的脸上泛起一阵兴奋的红色。

"怪腻味！"行长说。

"那么干什么呢？看电影？"顾太太撂下了电话筒。

"没意思。"行长说。他好像没有心事去听他们特别为他说的这些话。他的眼光，从来也没有注意到刚才跟他说话的两个人，一直是落在他手里的烟卷上。

"哦，我明白了，你要上跳舞场。"顾太太说。她的嘴角翘起来，牙齿露到了嘴唇外边。

"不错，跳舞倒是一件好事，又可以运动，又可以娱乐，还可以聊天。听说大百乐门今晚上有跳舞团表演。"陈芳从刚才参加谈话起，他的眼睛不曾离开过行长座位，直等到现在，他才寻着了第二次发言的机会。

"对啦！大百乐门有一个舞女很不错。她每天简直是不离客人的桌子。真忙！好家伙！"行长吸了一口烟，从沙发上站起来，脸上显出一些酒后的红光。

"怎么，忙的一定就是好的吗？"顾太太说。

"自然不是这么说法，不过那家伙的手面是不错。是她的客人总那个，总什么她的。"陈芳说。他还想接下去说点儿什么，但是顾行长已经从沙发上站起来，把脑袋在空中晃了一个小小的半圆形。

"唔！嗯！"顾行长对于这两个字的用法，有两种意思，一种是对于自己的话表示肯定，另一种便是对别人的话表示肯定。总之，这是他赞同某一种事和语言的表示。

陈芳笑了，或者可以说这是他生平第一次的得意的笑。这意思不是说他生平没有像这样笑过，他也跟任何人一样地会笑。然而他自己笑得这样满意，在这样的笑中，同时又被胜利和卑怯的感觉矛盾着，这是他生平第一次。也可以这样说，他不是用笑来表示胜利，相反的是表示乞怜。

"老兄，你不想说点儿正经事了吗？"表哥从离开餐桌起都在抽烟。他好像要避免任何人的脸一样，不愿意坐到一个永远向着人的座位上，他老用一只手捏着时时送到嘴上去的烟卷，另一只手背在腰上，从客厅的一个角落步到另一个角落，他走路的步子的不匀的快慢，也跟从他嘴里吐出来的没有节奏的烟圈有着同样的感情。

他的脸上看上去很宁静，但是脑子里好像在大风中的波涛，不能用人的力去压制它的起伏。当他刚听见他们谈到些在他的题目以外的事的时候，他便觉着头顶上有一种强的热力，这种热力追着他需要用语言来表示一些什么，但是这种热力又被某一种东西压了下去。现在他听见他们所说的话，并且顾行长竟有要做某一种行动的趋势，他原来那种热力又从头顶上升了起来。

"什么时候了？"顾行长问。

"快十点了。"表哥从衣袋里掏出一个扁圆形的金晃晃的东西，看了一看说。

"今天晚上，我请跳舞。"行长说。他嘻嘻地笑着。

"我可不参加。"表哥说。他的脸上有一点儿发红。

这时顾行长又坐到刚才躺过的那张沙发上。顾太太从电话旁边走过来，坐到她丈夫的身边，把她的嘴伸到他的耳朵旁边动了一下，行长便站起来向着表哥说：

"我还是请跳舞，还可以上跳舞场去谈天。今天这事就不做结论，反正这不是一件着急的事；那边我有法子对付，可以先发一封信去，就说是……反正怎么说都成。"

"哦，那么，那也好。"表哥说。他把话音放得很低，好像不愿意别人听见的样子。

"你想去跳舞吗？"他问我，把脸转了过来。

"不，我不想，也不会。"我说。

"不要紧，我也不会。"顾太太说。

"不会干什么要去呀？我是真的不会。"我说。

"让你表哥教你。"顾太太说。

"顾太太会，请顾太太教你。"表哥说。

"我不学，我不喜欢。"我说，"你们去得了，我回去。"

"好，那么我送你回去。"表哥说。他的手跟肩膀都在发抖。

路上的风吹着我们。我一点儿也觉察不出天气的寒暖，正如我觉察不出刚才那些人们一样。

一路上我们没有说一句话。我虽然是坐在他替我雇的汽车里，但我不觉得在我面前有一种人的感情。我觉得我跟表哥之间好像隔了一座墙，也许是一个世纪。我对他的一种感觉，好像是对于一瓶发了酵的牛奶，在它的本位上它可以使人们因它而得着营养上的帮助，但是现在它是只剩了一种对人毒害的效能。

"我虽然知道你的见解错误，但我不能以我的地位强制你的行动。对吗？"表哥说。车快要驶到我住的地方。

"你还有要责备我的话吗？"我说。

"我怎样可以责备你！如果你的妈在这里，我可以请她说服

121

你，也许那时候你会以为我的话对。是吗？”

“那不一定。你还有话说吗？”我说。

“没有。我现在只跟你说最后的一句话：我愿意再给你几天考虑的时候，在这时期中，我可以牺牲我的公事等待你，你以为怎么样？”他说。

“没有必要。我现在要向你说一件事，希望你不生气。我知道你这次看我的来意，我也知道你关心我，并且对于我的打算。我告诉你，当我十二岁的时候，我妈就向我说过，她不包办关于我婚姻的事，并且这也不是她对我的责任。可是我知道你要把我领到北平，去嫁给你一个行里的行员，对不对？”

“不对，这是你胡思乱想。”表哥说。他的模样很坦白，这使我对他很感觉一种特殊的敬佩。我从他这种态度上研究出这么一件事：就是他是时常用这样坦白的态度做了许多跟这种态度完全不相称的事体。

“我胡思乱想，你要我找证据吗？”我说。

他吸了一支烟，把洋火棒扔到车窗外面，然后向车夫说：

“开慢一点儿，当心闯祸！”他把眉毛皱得挺起来，仿佛在想着许多别的严重的事情。

“你不承认我刚才说的吗？”

“笑话。既然那样，我为什么不明白地向你说，那我可不是骗你！”

“那么就是姨母骗我。”

“什么意思。”他惊异地问我。

“姨母来信说你有一个好朋友，姓李，二十三岁……没有结婚，要你帮助，没这事吗？”

他没有说话，脸上现出出乎意外的惊恐。那种不安的惊恐简直使我害怕。

"唔，是，不错。就这样我对你也没有坏的意思，所以你还是不该胡思乱想。"

"自然我是很相信你，因为这样，所以我不必要再考虑。考虑是因为对一个人的不相信。"我说。

汽车驶到了我的门口。大门紧闭着，也跟许多人家的一样。月亮用它水银的颜色，把对面道旁树木的轮廓搬移到门墙上。隔壁的门栏内响出一声突然的狗吠，这种狗吠的声响好像要揭破人们的虚伪的心。

在这时候如果不是有一颗赤子的心，人们是都不想说话的；我们都沉默着，直等到我要走入大门的时候，表哥说：

"也许我这几天再来看你，也许不来了。如果你需要我的话，给我打电话。"

他走了，他上车的时候，向我弯了腰，用颤抖的手除下了帽子。

表哥走了以后，我再没有遇见这样新奇的事情，一直都过着学校的生活。不过慢慢地学校里的生活对我也有一点儿特殊了。学校的本身每天都没有新的变化，然而我自己时常会有一些异样的感觉。

最初给我一种新奇感觉的，便是一位社会学教授。

在课堂上，他总是挺得笔直的身体，穿着簇新的西装，顶白的西装内衣的硬领上戴着一个生理学上的富于脑力的大头。鼻梁上架着一副因为眼睛的必需而长久不离鼻梁的眼镜；眼镜和眼珠一同闪着光辉。从上第一课起我认识了他，他是林先生。

林先生是四川人。他的言语中虽然带着一点儿他的乡音，但是他能用很嘹亮和清楚的言语讲释他授给学生的课程。

"马克思说：'不是人们的意识支配他们的社会生活，是人们所存在的社会的生活支配他们的意识。'人们要有自由意志，但是这自由意志也是隶属于他们存在的那社会。自由意志的意义不是个人和自私的。"

林教授用他富于创作的思索给我们这样解释世界和人生的问题。当他解释问题的时候，他面部态度的严肃和兴奋好像问题不是被别人提出，而是在他自己身上发生的。比方他说：

"我们要反抗旧社会的制度。因为不愿意有一种旧家庭的生活，不愿意有一种结婚和离婚的痛苦，我们必须要反抗旧式的婚姻制度，主张恋爱自由，不愿意贫穷，所以我们要反抗私有财产制度。"

我从来不曾听过"反抗"这样的名词。他说的别人厌恶的事我都厌恶过，但是我不明白"反抗"的意义。我想也许我曾经实行过。

在那学校里社会学成了我们最必需的课程。没有它，好像夜里没有星光一样。我们去上社会学的课程，好像在黑夜的草原里看见了星光。在那课堂里，我好像在我生活的周围看出了一点儿什么别的东西。

渐渐地，在我的感觉上，我觉得像林教授这种人某些地方很有些特殊。他那人的本身并没有什么特殊，特殊的是他的想法跟说话的方式。有时我会这样想：也许他是一个很平凡的人，因为宋景的小舅父在某些地方也有点儿像他。如果我像这样想的话，又会有这样一个结论，宋景的小舅父也有一点儿特殊。我听过也看见过别人拉过提琴跟唱过歌，可是某些地方跟小舅父不一样，也许不是别人跟他不一样，而是他有些地方跟别人不一样。他好像不是为着唱歌而在唱歌，也不是为着拉提琴而在拉提琴。他的态度，好像时时都在想着他所工作的以外的事情。

林教授也是这样一个人物。他一切的行动，好像都是为着那种行动以外的事。他好像有些不是为着上课而到课堂上来。他简直尽讲一些离开了书的实实在在的事物。有时他的话会使你听得可怕，比方他说：

"一个搏斗者，搏斗的本身不是为着那个人他自己。如果一种为着自己的搏斗，那么，那种计划是毫无把握的，因为搏斗这件事是太接近了生命的。换一句话说，就是搏斗的胜利是生命以外的事。懂吗，同学们？"他加上说，"这意思就是说要牺牲的。"

"他是一个很奇怪的人。"我时常这样想。但是从他的外貌一点儿也分析不出来。我非常想了解他，想知道他为什么那样冷酷但是又那样和蔼。

"你知道他在课堂上讲点儿什么？"有一天晓凤问我。

"不明白，我只知道很有趣味。"

"我听着也觉得很有趣味。不知道他从哪里学来的这一套货色。"她说。

"自然是从书上看来的啦。"

"我知道是从书上看来的，可是怎么说法呀！"晓凤看着地板。

"谈革命，你知道，革命就是这样谈的。"

"革命只是谈的吗？"她踌躇地说。

"谈好了以后就干。"

"你的意思是说，林先生现在就那样跟我们谈，谈好了以后就大伙儿去干是吗？"

"嗯。"

"怎么干法？"晓凤说。她带着一种没有对象的讽刺的声调。

"那，我可不知道，你得去问林先生。"我说。我的态度很激昂，因为我觉得她在用一种考试的方法，逼我解释我刚才说话的粗率的武断。

"这是什么意思，我不可以问吗？"她带着怀疑的兴奋说。

"自然是可以的，不过我不懂，大凡我懂的我都说过了，难道除开我所懂的以外，就不可以不懂吗？"

"你说去问林先生，这是什么意思？可以把问题像这样草率地去问人家吗？"

"是他说的话，而我们不懂，就可以去问。"

她沉默了。她沉默的原因不是被我的话所征服，是被超过我的话的力量的她自己的怀疑所颠倒了。

我们的问题终于没有结果。我不会为这件事十分的苦闷，但是像有一种东西把我压迫着。

另一天，一个学校的纪念日。学校里面发起了一个同乐会，会里有许多游艺跟演讲。

游艺很简单，大都是些本校学生凑合起来的一些京戏跟话剧的表演，跟女学生们的舞蹈，主要的倒是几位人物的演讲。

演讲是严肃的，被排在同乐会的前面。有许多为着时刻的限制，看不见游艺的人却能够听演讲。因此我把演讲都听完了。

演讲的规则是这样的：当某一个人开始演讲的时候，主席得预先报告，报告的是演讲人的姓名跟简单的历史。这次的演讲也是按照这样的规则。

演讲开始了。当第一个人演讲的时候，一位代表学校当局的主席起来说：

"请陈博士演讲。陈博士是鼎鼎有名的陈震博士。陈博士是曾在哈佛大学研究过生理学的博士。他今天讲的是关于生理学的常识。"

主席是浙江人，浙江人说话的声音是比较低沉的，但是在这位主席说话的低沉的音调中也有高音的部分，这高音的部分就是当他说"哈佛"两个字的时候。

主席说完话以后，主席台旁边的特别来宾的座位上响起了风一样的声音，在风一样的声音之后，陈博士便出现在演讲台上。

"我以为生理学中最要紧的部门就是关于男女问题。我想我们大家都没有封建的头脑，一定赞成这个。这个的意思就是说，我在美国的时候，美国的青年都不封建，当然不封建，所以我在哈佛大学的时候，我们都研究这个。"陈博士说，他摇晃着脑袋。当陈博士说话的时候，他的脑袋不断地在摇晃，实在，他的脑袋并不比普通的人长得大，但是当他摇晃的时候，它显示着它的十分的重量。这种重量，人们一下就看得出来，并不是在于脑袋的本身，而是在摇晃的时候加添上去的。

陈博士的身材不很高大，可是它显示出一种不平凡的堂皇。这种堂皇使人们看起来并不十分合于他的姿态，正好像是人们头顶上的帽子，不是生长在人的头上，而是戴上去的。他有一种挺着胸，手跟臂膀一伸一缩的动作，然而这种动作表示一种既不是中国也不是外国人所有的姿势，而是一种勉强的、不合感情节奏的、夸张的色彩。

"所谓男女问题,"陈博士说,把背在后面的两只手抽出一只,摸了一下束在脖子正中的领带,然后又把那只手搁到后面去,"是生理学上一个大问题。大凡年轻的人都应该知道,男女问题便是人类传种的问题,也是一个国家与社会存灭的问题。因此我们不可忽视。至于这问题究竟是怎么一回严重的事,怎么样才具体地表现呢,啊,这就是美,是艺术;等到春天,百物生长的时候,你们可以到公园去,散一散步,或者跟自己的伴侣,或者看着别人的试试看,看看自己的感觉。"他的句子当中时常带些由横写字母拆出来的单字。

陈博士讲完了,于是他用他的套着笔挺的西装的腰,带着堂皇的姿势向听众弯了一下,然后摸了一下领带结,下去了。陈博士下去之后,主席先生跟学校里的导师们都热烈地击了一阵掌。

然后主席报告:"现在请汪博士演讲。汪博士是在巴黎大学研究美术的,是美术学博士,一位鼎鼎有名的画家。现在请他给我们讲美术的问题。"

于是汪博士出现了。

汪博士跟陈博士有着显然不同的风格:他的头发没有那么光亮,西装也不是那样笔挺,然而还是有着堂皇的姿势。

他说话的时候不把手背到后面,这是不合于美的条件的,因为把手背到后面妨害肩部的活动,并且还会损害身体的直挺的线条。因此汪博士把两只手搁在前面。他一上来就开始这样做法,他好像把两只手从不知什么地方搬到前面来,搬到前面之后便插到西装裤子的两个口袋里去。

"美术是至高的文化,人们应该为着美去干艺术。"汪博士说。他把他的两只脚在讲台上颠了几下，讲台的木板立刻发出了一种因颤动而发作的响声。

"美的种类很多，现在，当兄弟回国的时候，巴黎流行一种颓废美。颓废美的意思就是在美的当中夹着一些颓废的色彩。有人说，这是属于病态的感觉，然而我以为不是颓废，那是一种高超。"

实在汪博士自己也带着一点儿颓废美，比方像他那有些蓬乱的头发、不很白的白色的内衫、跟不十分挺直的西装裤子，这些都使人一下就想到是所谓巴黎颓废美的风格。

汪博士好像还没有说完他的话的样子，然而他实在是已经说完了。他把原来插在西装裤袋里面的两只手拿出来，伸在腿的两边，向听众们弯了一次腰之后，便下来了。学校里的领袖们也像听完陈博士的讲演一样，热烈地鼓了掌。

现在主席又报告：

"现在请朱先生演讲。"朱先生的讲题是"革命与自由"。主席这一次的报告没有前两次那样紧张，音调也特别低沉。

朱先生不是一位堂堂有名的学者，也不是博士，他是一位平民政治家。他的面部有一种时当被外物所激动的表情。他的眼睛有一种富于想象的热情的闪光。他说话的时候，在别人往往是会发笑的场面中而他总是严肃。他用缓慢而沉着的步法走上了讲台。

"因为人们要自由，所以人类间就有了斗争……"他挺直地站在讲台上，嗓子拉得像敲钟一般。

"'斗争'是向夺取自己的自由的对方，争取自己应得利益的一种手段。这就是说，被压迫者群先要用'斗争'去使自己解放，然后才可以得着自由。人是要活的，有了自由，而后才有正当的合理的生活，才不是人的奴隶。"

他说了许多关于"解放"跟"斗争"一类的话，我听了一点儿也不明白。我对于他所讲的话跟原来搁在我肚里的存货一样地感觉模糊。

"糟了，"我想，"他的演讲要失败了。"我明白当时的人都有我这样模糊了解的可能。这就是说，他们也都跟我一样地不理解这些话的来源。

朱先生越讲越起劲，但是我听得很着急。我不知道他是如何开端的。我觉得他所讲的东西比前面那两个人的都很实际，都有使人去思索的价值，但是稍微高深了一点儿，使听的人寻不着思索的门径。

这时主席忽然把嘴巴张得很大，我当他要说什么，原来他什么也没有说，只是打了一个哈欠就完了。他的这种动作使我少听了几句朱先生的话，他的动作完了，我又重新听起来。

"为什么要有牢狱，现在的牢狱都是合理的吗？……如果强盗是犯罪的，那么社会里为什么会有强盗呢？"

"人们都会照镜子，但是很少有人知道自己身体的线条。因为大家当自己照镜子的时候总是穿着衣服的。……现实不是凭着人们的观望可以知道，是要去揭开帘幕的。……"我从来没有听见过这样的演讲。这实在对我很神奇。这样的演讲给了我一种感觉：好像秋夜的天空里有一群星星，星星让我看得很清楚，明亮而有秩序，但是我不知道它们离我有多么远；我不能够明白它们的真的形体跟构造。

朱先生身上没有汪博士那种颓废美，也没有陈博士那种博士跟绅士的风味。他站在讲台上身体是笔直的，然而不像是故意在挺着；他的双手有时也在做着表现他情绪的动作，然而没有显示出夸张。总之，他一点儿也没有为着要做某一种动作而在动作。

朱先生讲完了以后，学生们都热烈地鼓起掌来。这次主席先生却没有鼓掌，站在演讲人的旁边，他的背弯着——这因为一方面他已经到了快要用背部来表示年龄的年纪，另一方面是能够指挥他的背部动作的情绪的指使——两只手背到那拉得还不很圆满的弓形的背部的下段，用看起来很宁静，而实在是急促的眼光看着被他领导的群众，而这些群众是正在处于他的领导之外，为着一种在他看起来不值一听的演讲欢呼着。

演讲结束了。

从这天以来，我的心理上起了另外一种感觉，就是对于我所听见跟遇见的东西，不像以先那样感觉特殊跟新奇；一切对于我好像都是自然而平常的。因为我意识到，人，谁都要活，这是自然而平常的，要活得更好也是自然而平常的。

然而感觉是理性以外的东西，它不能使我对于感觉到的事物都得着问题上的解答。正有许多我需要理解而不能理解的事物，因此我又彷徨起来。

"你对于那天的演讲感觉得怎么样？"一天早上晓凤问我。那是一个星期天的早上，她还没有起来，她的手里拿着一本关于什么问题的小册子。

"谁的演讲？"我说。

"自然是朱先生的。"

"嗯，很不错，你呢？"

"我觉得他的说话跟态度都很真实。"

"我以为他说的话很实际，不像别人尽说些要面子的话，好像谈到吃饭跟穿衣服就是羞耻，好像他们自己都不吃饭跟穿衣服似的。"

　　"但是我还有许多地方不明白。"

　　"我也是这样，我不明白他那些话的开头是怎么一回事。我的意思是，不知道他的基本理论是什么。"

　　"啊，那我知道，他是主张社会主义的。"晓凤扔开了手上的书本，她的眼睛闪着光辉。

　　"你怎么知道?"我问她。

　　"三哥说的。不过三哥也不知道，有一天我向他谈起这件事，他说也许朱先生是这样一个人物。"

　　"社会主义，"我自己想，"社会主义的思想是秘密的，而我们的学堂是公开的，秘密的思想怎么会到公开的学堂里来呢?"

　　然而朱先生的话总像是一个问号一样盘旋在我的脑子里。"因为人们要有自由，所以人类间就有了斗争。……斗争是向夺取自己的自由的对方争取自己应得利益的一种手段。……人是要活的，有了自由，而后才会有正当的合理的生活，才不是人的奴隶!"

　　我觉得我的生活掉在旷野里，在旷野里寻不着熟悉的路径；我又觉得我自己像是一个给人练习的提琴，时常碰着不同的人弹奏出不同的调子。

　　自从我对于自己跟人们的生活发生了某一种问题上的兴趣以后，把我的兴趣引到一个更深远的，深远得竟会使我彷徨起来的地方，而且竟会使我把自己原来所认识的东西都鄙弃了的人，便是那位讲社会学的林教授、演讲会上的朱先生；除此而外还有一个人，就是我现在住在他的家里，叫他三哥的陈珊的哥哥靖君。

靖君是一位参加过中国最早的反封建统治的革命的人物。他曾经梦见过中华民国的每一个人民都能参加国家与政府的事务，梦见过世界的人类没有失业，没有饥饿，没有战争。他梦见过世界人类的生活都是一样的平衡。

他曾经追赶过他的路程，按照他所梦见的。然而当他追赶着的半路上他把它放弃了。在他放弃了他的路程以后，他向人说："为着自由与平等我去参加革命，革命完了，我却看不见我所要的东西。"但是他又说："我对于革命是有着信念的，我以为不能得着自由与平等的不是健全的革命，我想也许那种方法是错误的，我希望人们会有正确的方法。"

从那时起他便休息在他的家里，因此我能够认识他。

靖君是一个使谁见着他都愿意听从他的言语的、将进入中年的人物。他好像有一种使人愿意听从他的言语的魔力，也可以说是一种天才；这原因是当他跟任何人说话的时候，那些听他说话的任何人都会有这样一种感觉：他的言语的内容里绝没有他自己，他的言语不是为着自己的某些需要而发，而是为着跟他说话的对方，或者其他的人。

他的相貌是这样，他有着细小而深黑的胡子、瘦直的身体、大而明亮的富于深思的眼睛。他有一种抽很多很多烟卷的习惯；当他跟人说话的时候，往往不见他擦洋火，然而他手里的烟卷总是燃着的。当有人向他说"陈先生，你的烟抽得太多了，那恐怕不卫生吧"的时候，他便带了怀着深思的状态说："是的，这很不好，但是这已经成了我的习惯了，我总想改了它。"说完以后他便微笑了。

在他少年的时候，为了他的事业他曾在海外居住过。回来以后的很多年他还存留着那样的印象，他说："人家的物质文明跟科学的成功是远胜于我们的。"

他很赞扬海外的物质文明，然而反映在他的物质生活上的却不是那些东西。这自然不是他的思想跟行为的冲突，而是他的一种癖性。

自我看见他以来，他不曾穿过打着领结的西装，能够擦得跟镜子一样的皮鞋，也没有梳成像油漆那样发亮的头顶。他穿的总是一件宽大而并不是表示潇洒的袍子，一只走起路来一点儿也没有响声的缎子鞋——自然冬天是呢制的棉鞋——头顶上永远剪得不需要油膏跟梳子的头发。

他在闲空的时候，不像跟他那样年纪的，或者更年轻一点儿的人们一样，走到咖啡店去清谈，或是闭着眼睛，坐到音乐厅里的软椅里，或者去上影戏馆。但是对于别人的这种行动他是毫无异议的。当有人问他："陈先生，对于这样的事你一点儿也不喜欢吗?"他的回答便是："许多比我的事情干得更多的朋友都没有机会去那样的地方，所以这对我是不必要的。"

在他的家里，他住的是一个相当大的房间；这是他跟他的夫人同住的；但是看起来就像是一个独身者的房间一样。他有这样一种观念，他说："女人不是为着男人而活的，因此不必随时随刻都记着自己是一个女人。"对于女人的看法他有一种特殊的意见，他认为擦上很白的粉跟很红的胭脂、穿上艳得触目的衣裳的女人都是他所谓的"不忘记自己是一个女人"的女人。他的这种观念的具体表现，就是要使他的夫人做到不是他所说的那种女人。

因此在日常生活中，他的夫人的脸上总是素朴的，她的衣裳，即使那些质料让人看起来是很漂亮而潇洒的，如果不曾拿去做成女人的衣服的话，男人也是可以穿的。

关于这一点，他对于他的夫人绝不采用一种强迫的统治方法。这种方法，在距离现在的很多年以前就遭了他反对的。至于他的夫人——年轻，不美丽，但是漂亮而潇洒的——并不是如他所说的"时刻把自己看成是一个女人"的女人，但是她有着大多数女人都具有的一种特性——也可以说是一种女性化的人的特性——愿意使用人能采用的方法，让自己比自己的原来更得到人们的赞美。这就是说，大凡是女人所采用的方法她自然是不厌恶的。然而她竟然是那样的素朴而简单，简单得几乎超过一个不简单的男人，这样的事读者又怎么样去理解呢？这是由于除开她对于她丈夫的，我们所不能理解的夫妇关系以外，她的丈夫所采用的那样一种方法，就是他对于他夫人的服装随时都参加一种严肃而和蔼的意见。我们可以拿他们之间的一件小事做一个例子。有一次，他对他的夫人说：

"佩芝，我实在不赞成你穿这样的衣服。我一点儿也不要压迫你，如果你尊敬我，你便听从我的，也跟在别的方面我也听从你一样。"这是在一个快到中秋的夜里，他的夫人在要出去赴一个晚宴以前，正预备穿上一件红花衣服的时候。"不要用色彩去表现女人的一切，如果这样，你将没有更多的工夫注意到颜色以外的事物，那么，你就是一个很庸俗的女人了。"

因此，他们的房间很大，但是一点儿也没有女人的色彩。有衣橱，没有大镜，有梳妆台，没有化妆的东西——也许有一点儿，但是简单得使人不会注目——可以说，在他们的房里，找不出一件引人注视的女人的化妆的东西。

至于他们夫妇的关系呢，是这样一回事：她对于他不是由自由恋爱而结婚——在她结婚的时期跟地方，结婚自主对于女人还不是一件普遍的事——然而他对于她至少是完全得着了自己的同意——这我们从前面已经知道，他早就是一个反封建统治的人物，那么封建统治下所采用的结婚方法自然是为他所鄙弃——因为佩芝不只是一个漂亮而有好教养的女性，并且是一个性情贤淑，有着宽厚的母性爱的妇人。因此在他们结婚以后，他的家庭的生活是幸福的。在他们结了婚不多年，他们便有了两个女孩子。

如果只是爱好家庭生活，爱好有着一个贤淑的妻子的家庭生活，靖君会是一个，而且也许长久是幸福与快活的人物。然而事情不是那样，如他自己所说，他对革命是有着信念的，他不能抛开他所追逐过的途径。在他这暂短的休息里，他时刻都在打点着未来的日子。这种对于未来时日的打点的计划，希望对于这种计划完成和实现是有着条件的：首先，他这为着未来的计划，自然不是指的他自己私自的生活，是一种关于他的生活以外的社会的事业。社会事业，有时跟那个事业者的家庭生活有着不可分离的关系，这就是当那个事业者在某些事业上需要他的家庭。然而有一种恰是相反的，家庭生活对于社会事业起了不一致的作用，这就是当家庭成了那个人的一种负担的时候。一个真正为着他的社会的事业的人自然不愿意有一种足以妨止他事业的负担。其次，是进一步地，在没有那种负担之外，有一个生活上的同路的人。靖君的家庭生活是简单的，他的妻子是贤淑的。这些看起来应该是对于他的理想和希望没有一些阻碍的因素；可是在他感觉起来，对于他的理想上，他的妻子是太贤淑了一点儿。这种近于顺从的贤淑，对于他所要从一个旧的船只，踏上一个在同一路径上的新的船只上的这个生活过程上，多少是有着一点儿阻碍的作用；因为这种近于顺从的贤淑，它的本质是软弱的，就是说这对于他是一种依赖，这种温顺的母性爱的依赖对于他的理想的事业是有着阻碍的，其次说到一个共同生活上的事业的同路人，自然他也曾想把这样一种关系委托给他的妻子，可是历来被一种她的历史生活习练出来的那么样一种个性的女性，自然不能当他有一种希望的时候，立刻就满足他。因此在他结婚以后的几年，在他刚离开了他所追逐的路程，为着怀疑的烦恼而去休息的时候，对于他的家庭，他曾感觉幸福过。然而当他为着信念，终于要寻着新的路径，重新去追逐理想的时候，幸福都变成他的苦闷了。这种苦闷反映在他的生活上，便成了一种在他的夫人往往认为是不必要的，而在他却是不得已的口角。

至于他对于他的信念呢，他认为人们——自然是指大多数的——都要有一种比现在所得着的更好的生活，并且要人人都有一样的生活，女人也跟男人一样。而在现社会中，取得这样的结果是必须要经过革命的。然而以他的经历——前面已经说过的——并不是以一种革命的手段就会取得这样的结果——也许那种革命在实质上并不是那么一回事，不过人们都那样叫法——因此他又想着，要有革命以上的，支持革命跟指挥革命的一种最正确的主张。即使在某个时期革命遇着破坏，或者中断，或者任何的打击，主张却是有着光辉，能够照明道路，能够始终不渝。关于这点，不是在他追逐他的路径的前期他已经知道，而是在他放弃了他的路——也许在他的心里他曾经向自己承认过，也许公开地承认过，那是失败——以后，某一种生活的意志昭示了他的。

现在他信念着这么一种东西：这东西也是许多年轻的人们正在信仰着的，这是一种影子，不是一种靠着一个领袖的力量便可以使你服从，使你的信念实现，而是要你自己去抓着它，从你的生活跟确切的认识里去抓取的。这是一种更深远、更年轻的为着大多数人的东西。

可是怎么可以去抓取这样的东西，它的具体的形象是什么，如何通过自己的生活可以达到那样一种路程？靖君在自己过去的生活里完全没有经过这样的东西，因此他又对它起了怀疑，因怀疑而苦闷了。

由于这许多生活，把他造成了这么样一种人物：他不沉默但是爱好深思，没有严酷的僻性，但是爱好幽静和孤独。他的日常生活中，除开为着不可避免的他个人与他家庭的生活繁忙以外，便是在他那间又空又大的房间里独自地坐着。这样独自地坐着，对于别人也许是一种舒适和安闲，至少是在一种繁忙生活以后的身体与精神的休息，即使那种休息是暂时的。可是对于他，这种坐着的意义跟感觉都不是那样一回事，这对于他是一种劳动，是一种在某些平庸的工作以外的更繁忙但是更有意义的劳动。当他坐着的时候他是在思索，为自己以外的事物而思索。

记得有一次，是一个不冷不热的天气的下午，我跟晓凤从外面回来，佩芝跟她的两个孩子都不在家，靖君独自地坐在他的屋子里，吸着烟，把头仰向窗外，看着正在被风追逐的一片云彩。

"三哥。"我在他房间门口叫了他，他好像没有听见的样子，直到我们都进了他的房，他才带着一种猎者的警觉的精神站起来，搁下手里的烟卷，从烟头上引出一缕和悦的微笑。

"三哥，您又一个人在这里。"晓凤说。

"唔。"他用眼睛里的和悦的微笑答复了她，立刻又恢复到刚才那严肃的样子。他用一只手抚摸着嘴上的小黑胡子，把眼睛转到他面前的空中，好像连他的眼睛也愿意孤独一样。

"您不是说要看书吗？您要吗，我们有了新的。"我说。我觉得一个人的过于孤独跟沉闷，对于别人会是一种有力的威胁。虽然那种人自身没有那样的感觉，但是，孤独跟沉闷的本身时刻都有一种反映它们周围的平凡的力量。在当时，在这样一种力量面前，在我的意景上，为着要证明我不是平凡的，我要积极地冲破它。

"是的，我很想看书，但是看了书……很苦闷。"靖君说。他睁着大而明亮的眼睛，眼睛里带着淡漠而怀疑的微笑。他吸了一口烟，烟圈自慰地散到空中。

"哦，那么，不看书就不苦闷吗？"

"当然啰，苦闷不是从书上看来的。至少，我不这样感觉。"

"三哥，可是您刚才那样说法，好像有这样的意思。而且我也相信这样的事，某一种书会引起人们对于某些事物跟思想的萦绕。"晓凤说。她把眼睛望着地板滴溜溜地转着圈子。

"唔，嗯，你这话有道理。"靖君说。他又吸了一口烟，照例把眼睛睁得挺大，望着晓凤的脸，"起初我只对于我的生活怀疑，觉着世界空虚。看了一些新的书以后，我对于世界怀疑，觉着我的生活空虚。因此……"他又吸了一口烟卷，"我有点儿苦闷起来。也可以说，从前也苦闷，现在，更深了一点儿。"

"我以为看适当的书可以解决思想上的问题。"我说。

"我觉得问题不那样简单。"他说。

139

"但是，可以从最简单的地方去解决。"晓风说。她的眼睛又在地板上转了一个圈。风在她的头发上舞着，飘展的头发一点儿也没有影响到她那感应沉着的脸部的动态。

"三哥，您进步了。"我说。

"嘻嘻，三哥，您看，她好像懂得很多的样子。"晓风说。她的颊上泛起了轻微的讽刺的笑窝，然而立刻就被严肃冲破了。

"不错，人每天都生活，也得每天都有进步。人，谁都是这样。除非你不生活，换一句话说，就是你死亡。"靖君说。他的一只手伸到烟卷筒里，好像在做某一种探讨的试验。

云彩在窗子外面聚散着。云朵上的玫瑰色的光辉把黄昏送到房间里来。

靖君站起来，像浮云掠过秋天的天幕一样，微笑掠过他沉毅的脸上。他从房间的这一边走到那一边。他没有想到他所走的步法，但是他的步法中有着他的思想。

"唉，我的确对我的生活发生了问题。"他突然停止了来往的步子，站到窗户面前，仿佛正在深思的衣襟向着晚风飘展着。

"您是说的哪一种生活呢?"晓风说。

"自然不是说我自己的生活。自己的生活，自己的苦闷，都是容易解决的事。"靖君说，说完了又踱起刚才那种步法。

我好像有一点儿明白他所说的那些话的意思。其实他并没有说出他要说的真正的意思，然而我好像有一些明白。从他的态度上，他的苦闷跟他所说的"生活的问题"都不是一般人在一般的生活上所看得见的东西，而是一些另外的，用一种术语说就是精神上的东西。这种东西，我那时感觉到，好像跟前天那位在我们学堂演讲的朱先生的话，跟他所说的"自由"与"斗争"那类的话有点儿什么关系。但是仔细地想一下，我又觉得有一点儿不适合。也许跟林教授在课堂上说的什么"反抗"跟"自由意志"一类的话有点儿关系，可是严格地想起来也不是那么一回事。

浮在窗子外面的晚天一刻比一刻昏红起来，它好像在向我们说话，从我的视力所能达到的地方引导着我的思想。

"我想我们所不能解决的问题总有一天会解决的；而且，也许现在正有人在那里解决，我们只管活下去。"晓凤说。

"但是不能等待别人解决了问题以后我们去生活，这也是我们的责任。我们应该用自己的力量去解决自己与别人的问题。"靖君说，他燃着烟卷。黄昏把他的思索跟从他手里冒出来的烟圈引到很深远的地方。

我想靖君的确是在被某种思想所苦闷着；然而跟我所要说的都不像，我想劝他多看一些新的书，像宋景的小舅父所看的那样，可是在那些书里我自己也寻不着与他的苦闷有关的实际的东西。于是我想起一件事。

"三哥，解决这些问题是要用革命的方式吗?"我突然地问他。

"那自然是免不了的。"他说。

"那么，不管是谁，如果要去解决这样的问题，是一定要参加这样一种生活的吗?"

"啊，那是一定的。要不然，便与你无关了。"

"那么如果用我们这样的生活来说，我们应该采取怎样的方式?"

"问题不在这里，不是要考虑参加活动的人自己应该采取如何的生活方式。而是要想，在自己的生活环境中，应该用什么方式去努力。……我想我是落伍了，年轻的人们是有用的！"靖君跟我们谈话的时候，往往用这样的情绪结束自己的谈话。

另一天下午，我跟陈珊都没有去学堂。陈珊病了，她的嗓子发干，她一夜不曾睡着，医生说是流行性感冒。本来我预备去上学校，当头一晚医生说她是流行性感冒以后，我也感觉到头部有些昏眩，不能去上学校，于是我们两个都躺下了。

我躺着，看着陈珊那因发热而泛着红色的脸，跟额上冒着的水蒸气。我想着，她也许会死，因为我简直没有见过那样可怕的流行性感冒。她病得像一个临刑的人一样。

"哦，我难过极了，医生简直是骗我！"她奋然地说。我现在不敢躺着了；我从床上爬起来，好像在沙上爬行一样，爬到她睡的床面前。她的脸跟眼睛都发出诅咒的红色，她的额上冒着汗珠。她的神情不像往时那样和悦，好像是在讨厌我。

我不知道应该怎么干，我明知道她是在因体温过高而在苦痛，她实在也没有厌恶我的意思。但是我觉得我的耳朵在发烧，头跟脸都在渐渐地长大，我的眼睛发黑。我想着："我是预备来问你要不要喝水的，我也在发热，我的头也在发昏呀！"

我正在用力地压抑着自己，驱开那带着愤怒的烦恼，用着这一瞬间对于自己已经是熟悉的技巧，爬回自己的床上的时候，房门外面起了一阵轻微的口角的声音。接着便有女人的呜咽。

"那么离婚啊！"女的哭着，是佩芝的声音。

"我没有这样的意思。是我自愿跟她结婚的人，我是要对她负责任的，不能这样随便。"靖君说。他的声音很平静。

"你没有这样的意思，但是我有这意思。"女的说。

"我不同意。"

"你会不同意跟你所轻视的女人离婚！"她的嗓子尖得跟小羊一样。

"我从来没有表示过轻视你，我根本就没有这种意思。"

"你刚才不是说我又无能又软弱；又无能又软弱的女人不是一文不值的吗？那么你不是在轻视我吗？"她哭着，"我宁愿离开这里，我不能被人轻视啊！"

"我说你软弱，你就应该变得坚强；我说你没有奋斗的能力，你就应该……"

"对呀，我准备离开了你去奋斗呀！"

这时候我已经不头昏了，我的身上有一种太阳晒在沙漠上的感觉，我的腿变得很有力，好像我没有发过热，也没有头痛过。而且头痛简直对我是一种无聊，或者是羞耻。

用我很有力的腿我走到前面房里。靖君正坐在一张靠窗子的桌边的椅子上，他头顶上的空中正循环着从他嘴里吐出来的灰色的烟雾。

佩芝坐在一张小沙发上，她的眼睛里没有眼泪，但是有一种哭泣过的红色。她的脸上没有粉，呈现着淡黄而细腻的光彩。她那纤白而灵巧的手伸在她的头上拢着那乌黑的头发。

"我要走了。"佩芝一看见我进来便这样说。

"上哪里去？"我故意误解着她的意思。

"随便上哪里去。"她说。她带着哭声。

"什么时候回来？"

"永远不回来。"她哭了。

"你这什么意思？"我说。我没有表示我那时的感情。

143

"人家说我又软弱又无能，老是存着依赖的心理。我不愿意依赖，但是我的父母没有给我好的教育，叫我为着依靠而去嫁人的。可是……现在人家看我不起!"她哭得厉害了。

"我赞成你们今天下午去看电影。"靖君说。他微笑着，一种父亲在孩子面前的微笑。他装作完全没有听见她的话的样子。

"你要去那里，我可以跟你去吗，佩姊?"我说。

"你们去看戏吧，不要管我的事。"她站了起来，用雪白的手帕擦干了哭泣过的眼睛，迅速地走到床后面的一堆箱子跟前，整理着她的衣服。

"我可以拿走我的东西吗?"她带着要跟某人决裂的容貌。

"你是在弄真的吗? 我想你一定是发小孩子的脾气。"靖君说。他走到房中间，顺着房间里陈设的形式绕着圈子。

"对了，我比一个小孩子还不知道事情，还要无能，还要依赖……"她的声音一声比一声高，起初这声音在房中间，然后跑到墙壁跟窗子上。

"不错，我是说你依赖。如果你不喜欢听这样的话，自己就该加强起来，不应该自暴自弃。比方……"靖君说。他那急躁的样子像站在夏天的太阳里一样。

"我不承认我是那样。我不懂医生。医坏了病人家要责备我的。"她没有等他说完便急着说。

"你是为了这个缘故吗? 我想不对，你现在说的话不真实。不是别人在害病，是自己家里的人。女儿，你自然应该负责。我的妹妹，也是自己人。把病人搁在床上，等我回家之后再去请医生! 现在小的要变肺炎了。究竟是谁不对!"

太阳从窗户的玻璃上反映到房间里来，使人们的感觉和情绪，像顺着一个合奏乐队一样地集起来。

第二天，很早的早上，陈珊夜里因发热失了睡眠，还不曾醒来。我跟晓凤刚准备着去上学的时候，佩芝跑到我们的房里来了。

"你以为昨天的事是我不对吗？我实在想不通那样的情理，意志薄弱跟性格软弱都是天生的，人怎么能够硬去改变自己的性格呢？"佩芝带着茫然的情绪。

"不，我们都没有觉得你不对。"我说。

"我觉得你的意志并不薄弱，你也不是天生的软弱，而且这些都不会是天生的。"晓凤是一个带着很多成年人气的姑娘。她干什么跟说什么都是用极缓慢的态度，并且她时常会用讥笑的方式去批评别个年轻人的急促与浮躁。但是她现在说话的方式有一些跟她平时不一样，她简直有一些像她所讥笑过的年轻人那样的急躁。她没有等我把我预备要说的话说完，而且这些话都是她知道我要说的，她却把她的话接上去。

晓凤自己有说出这样的话的智能，而且她的，特别是表现在语言上的智能，时常都会使比她的年龄跟知识高许多的年轻人们惊异。可是刚才那样的话，那样的字句的用法不像是她自己的，很有一点儿像课堂上林教授的说话方法。

"你的话很对。"我对她说。

"什么意思？"她用一种视察的方式，转动着乌黑的眼珠。

"我的意思是你这样的话很新，新得像刚从哪里学来的。"我说。

"我们一块儿学习，我所学的你也学得着。如果你不懒惰，我所知道的对你都不是新的。"她的脸上起了一种像黄昏里的云彩的颜色。她的眼睛从我这里转到佩芝那边，她用力使自己不看我，但是我感觉得她还是在看着我的样子。

"你学习的机会比别人都多啊。"我说。

"对啦，我们不管念什么书跟学什么只是在课堂上才有机会，可是她的确是多一些。"陈珊在我们说话的时候醒来了。她仰着躺在那张收拾得跟雪一样白的床上。她的眼睛望着窗子外边的一堆被露水染得发光的树丛。汗珠压在她的脸上。

"你觉得好了吗?"佩芝带着惊奇的容颜说。

"我不头痛了。我要去上学。"陈珊说，"要不然她可要骄傲了。"她坐起来。用她敏捷的手穿上了她那一件每天穿的灰布夹袍子，然后从她床面前那张圆桌上的一堆乱书下，拿出了梳子梳拢她的头发。她看着晓凤。

"多么不懂人情。别人有着不快活的事情你们却找些不相干的事使自己开心!"晓凤说。她端正地坐着，象牙色的酒窝嵌在她蛋形的脸上。她极力使自己的感情跟动作都统一在她的言语上，把自己的姿态装成一个小皇后一般。

"你一点儿也不意志薄弱，佩姊，只是你自己太虚心，觉得你什么也不能干，这样，在别人看起来就好像你是依赖了。"她停了一会儿又说。

"三哥不对，他欺负你，我们都反对他。"我说。

"好，我想你们现在没有工夫跟我谈这些不相干的事。你们走吧，我也走了，我去看书。我不相信我永远是没有学问，永远受人欺负的啊!"佩芝说。她带着被恼怒压迫的微笑。

"他们昨天吵了嘴你知道吗?"佩芝走出去了之后我向陈珊说。

146

"现在好多了，从前每星期都有这样的事。"陈珊点着头，笑着。

"你不怕吗？"我说。

"吵嘴也可怕吗？"她说。她好像对于我的话不很介意似的。

"他们闹着要离婚呢。"我说。

"这样的事我一点儿也不担心。三哥是不会轻易去跟一个女人离婚的。你知道，他有他的人生观，他不愿意一个做他妻子的女人对他存着惧怕跟依附的观念，但是他对于她却负着绝对的责任。"陈珊说。她站在床面前，一只手拿着一只小镜子，那一只手拿着扑到颊上去的粉扑。

"我不明白这意思，是不是他愿意她到社会上去有一个职业呢？"我实在很不明白。

"不是。他的意思不是指的经济关系，他要她有一种独立的精神。"陈珊说。她的脸上现出很着急的样子，大概因为我没有懂得她所解释的话。

我的确不能明白她说的话，也跟我不明白昨天佩芝跟靖君吵嘴一样。

"'独立'跟'不依赖'这两个名词用在成年人身上自然是指的经济关系。如果经济不能独立，自然一切都不能由自己做主。"我想，"陈珊跟她哥哥说的话是一致的，一致地模糊，一致地使人不懂，他们硬把'独立'跟经济分开。"

我越想越不痛快，好像当我在小学校里读书，第一次听见教师说"人是由猿猴进化的"时候的感觉一样，我那时很不明白，猿猴既然变成了人，为什么山里还有猴子。

晚上，正是晚饭的时候，佩芝领孩子看病去了，晓凤、陈珊跟我都在靖君房里。

"这两天热得真不像秋天啊，穷人们又睡到街上来了，传染瘟疫的就是这些人。"靖君站在他的书桌面前，腰弯着，看着铺在桌上的一张晚报。

"如果那些穷人们都爱清洁的话，不是不会有传染病了吗？"陈珊说。

"原因不是穷人不爱清洁。"靖君说。他还是望着那张报纸。

"是因为有钱的人专门糟蹋穷人的地方。"晓凤坐在书桌旁边的椅子上，眼珠四下里转着，脸上现着得意的神采。

"自然这也是一个原因。但是主要的这是一个都市生活的特色。阔人的住宅门口没有垃圾箱，没有小菜场，阔人的弄堂里没有小贩。这些东西都集中在穷人的住宅区里，当然穷人的生活永远是不会清洁的。"

"真的，这怎么办啊！我想他们一定是很不愿意忍受这样的生活。"我说。

"那自然啰。"靖君伸直了身体，用手摸着嘴上的小黑胡子，闪耀着好像望着辽远的地方的眼光。他沉入深思了。

"他们的生活不会有好的一天吗？"陈珊说。她的样子很疲乏。

"这按照×××的说法，就是要经济解放。人们一定要经济解放才能得着真正的自由平等跟独立的生活。"靖君说。他的话说得很慢，他的眼睛闭了一会儿又睁开来。他的眼睛睁得很大，好像看见了他正在想象的一件东西。

"这有一点儿跟我所怀疑的东西接触了。"我自己想。我想问他"独立"跟"经济"不能分开的关系，还要他给我解释前天他向佩芝说的，既不是与经济有关的，但是又所谓"不依赖"的意思。可是我想着，也许他前天的话有一点儿错误，要么就是刚才的话太笼统；因此在两次的话当中发生了矛盾。人们自己有了矛盾跟错误，时常自己不会知道，经了别人提醒以后，自己便发觉了。在这样一种场合里面，如果是一个有自尊心的，或是在他所在的场合中，他的一切智能都超过在他面前的人，这时如果有人指摘出他的矛盾跟错误，他一定会自己感到一种深切的过失的烦恼，乃至对于当时那个指摘的人会起一种恨恶的感觉。

然而我还是要问他，我相信我的态度不会使他认为我是在找寻他的过错，而是为着减去我无知的困惑的烦恼而问的。一个无知者是会得着人们的原谅的。

"三哥，你说妻子对于她的丈夫也应该要独立吗?"我问他。

"那当然啊! 我们说要独立的意思就是说任何人都要独立。"

"独立一定是与经济有关的吗?"

"那自然啰，如果除开经济关系，什么可以支持你的独立呢?"

"那么如果比方说，妻子要独立的话，是否也要脱离丈夫的经济关系呢?"怀疑的困惑围绕着我，我寻不出说话的方向。

靖君没有即刻回答我。他也没有对我的问话感觉突兀和惊奇。他只把头略微俯着，在房中间踱开了对于他是那样纯熟而有修养的步法。轻快跟宁悦的微笑离开了他的脸，换上了一层寂静的溺于思考的沉郁，正好像是云遮盖了月亮。

他的沉郁不是因为对于我的问话感觉窘迫。以他的性格跟思索的能力是不惧怕任何一种正当的合理的问话的。也不是觉得我不应该拿着同一个问题颠倒地问他，他对于年轻的人们，不管是思想或行为，即使他觉着是不适当的话，他也只想着这是由于一种年轻人们的无知和天真，没有不可以使用他的较高的理智的宽恕的。甚至于他会觉着这些不适当都是由于他的疏忽，一个年智比别人较高的人，对于他面前的，乃至于他的任何力量所能达到的年轻人们，他都应该负着某些部分的教育责任。

他的确陷于沉郁的深思中了。

"我以为问题是这样的，所谓经济独立的意思，是人们首先要有经济独立的能力，其次便是在社会上取得经济独立的地位，而不是指私人之间的关系。私人之间的经济关系，应该属于互助的一种范畴。"靖君说。他的眼睛发着光，脸上带着对于自己那些话的肯定的神色。

"啊。"我说。我对于那些话好像有些明白，但是实在不很明白。无论如何，我想我决不能再说我对于他的意见有某些怀疑，或者不懂，或者别的这一类的话。假如是这样的话，那一定会引起他对于我的一种不好的看法，那就是说，他想着我对问题不专心——因为他说话的时候，他的样子是那样认真而专心的——或者是我对他的话不信仰。

"在现在的社会里要想人人独立是不可能的，然而每个人都要去争取独立，并且要有这样的自信。女人绝不能有依靠男人的观念。"他好像知道我对于他刚才的话没有明白，因此不等我再说话他便给我加上了解释。

他说起话来总是滔滔不绝，然而不像另外一种爱说滔滔不绝的话的人抱着那样一种态度，以为除开他们自己以外，别人都不懂得说话，即使说了出来也没有他们那样充实与动听。他说话的态度，即使在了解得很少的人们面前也是很谦恭，在谦恭中带着一种诚恳的自信。

"对吗？"停了一会儿，他抽了一口烟，自己又加上。他的声音很低沉，低沉到一种好像除这两个字以外不表示任何意见的程度。

房间里的人把话题谈得很严肃，正配合了外面的炙热的秋天的夜。然而在当时那问题对我还是有着少许的模糊。

我不知怎么样度过了那许多日子。在那些时日中，在我的意景里常常在我不发觉的时候进入一些新的东西；这些东西，在来到我的意景里以后都是属于理智的部门，然而当它们来的时候不是通过一种理性的道路，而是从别一方面来的。这些方面，不是我每日所习读的书本，不是像朱先生那样一种直白的动人的演讲，而是每天都盘旋在我面前的一种人性的创造的热情，跟人类的向上的呼声；这些东西，我遇见的时候便是当靖君跟我们说话或者是当他在寂寞地沉思的那时候。虽然那时他自己还不曾把握着他所要的东西，而正在向着一个确切的地址追寻着。

如果是那样继续生活下去，我不知道将如何去追寻我自己的道路，也许横在我前面的道路更容易，也许会更艰险。因为我那时的生活，除开了陈珊的家庭以外，我认识了很多各色的年轻的人物，他们之间，有的会读《×××宣言》跟《资本论》，有些会喝红宝石色的葡萄酒跟褐色的咖啡；有的犯了罪进了牢狱，有的却手里拿着胭脂色跟白色玫瑰，唱着情歌；他们对我都是新奇、美丽而诱惑的。然而我的一种没有颜色的生活的转变，使我在不曾意识到的时候，离开了他们，离开了那些铺在我面前的、我很快就要踏下去的各种颜色的道路。我对上海作了一个短期的离别。

第 四 章

由于就是那么一种没有颜色的生活的转折，我又来到这个古城里了。这个我曾经痛恨、斗争，而逃脱过的地方——南京。然而我这次来到这里不是向旧生活投降，不是受着指挥和欺骗，是得着我自己的意志的允许，要去进到我要进的那个学校里去。

我这次来，又看见了我的外祖母，她是那样的年老。看见了我的姨母，她还是跟从前一样，那样的孤独，时常从她坚强的脸上，把眼泪滴到端在她手里的盛满着烧酒的杯子里。

这时我觉着她在某些地方有些变了：她不是从前那样地专横与可怕，也不是那样，对于我的行为施用一种灵巧的——其实客观上是愚傻的——统治；她对于我的行为带了一点儿妥协的态度，这些态度都表示在她看见我时候的让步的谦恭上，而这种谦恭中却带着一些理智以外的屈服的元素。

我对于她的感觉是带着一些惋惜的同情，我把所有以前对于她的仇恨与憎恶都变成了宽恕与怜悯。这自然不是说她的一切都变了，她根本就不曾使人憎恨；像她这种人，遭受憎恨是不会免除的，正像许多残废跟败军一样，失去了向上与战斗的毅力，失败与堕落的烦恼会成为自己的被憎恨的条件。

的确，她的一般的性格与状态是没有改变的；某些时候她谦恭，可是仍然保持了一种顽固的倔强。只是这种倔强的专横不施用在我的生活上，因为那时候，我在她的面前已经不是一个弱者，我可以找自己住的地方，我可以无论什么时候跟她说"再见"。我可以一点儿也不需要她而生活，可以不顾忌她对于我的爱恶。于是她把原来使用在我身上的方法转用在外祖母身上了。实在，在她的纯正的理智的观察上，外祖母对于她的一生是犯过罪恶的，也跟别的许多父母对于被他们所主持过婚姻的儿女们所犯过的罪恶一样。她很认识，凭她自己她不会在年轻的时候就做一个寡妇，也不会决定她像现在这样贫穷；因为她是不相信命运的，她相信没有被命运决定的事，事情是被所能决定的那些人所决定的。

她时常在半夜里咒骂外祖母，说像她那样的年纪是应该死去的；还说，并不一定是年纪老的父母都应该死，是应该让有幸福的儿女的父母长久地活下去，相反的情形的父母应该一到衰老的年龄就死去。像我的外祖母是属于第二类的，那么她早已到了应该死的年龄。

有时，她咒骂得过于兴奋，酒也喝得太多，在咒骂之后，便自己倒在椅子上去，有时竟会连人连椅子一道倒在地板上。这时外祖母便从她对面的床上爬起来，把她扶到床上去，一句话也不说。

这时我对她的态度一点儿也不恨恶，这原因不是她的咒骂没有施在我身上，而是对于她的生活我也跟她一样地愤恨。我愤恨她的不幸与贫穷。

除开我对于姨母的感觉改变了以外，在我自己的生活也是一种新的。

我这时不是住在像从前那样一个家里，住在靠近郊外的一个学校的女生寄宿舍里。那里的周围有台城的钟声、后湖的月光、北极阁上的桑叶，有像梦一样的伸到野外去的古道。

在这里，在一种新的生活以外，在我的观念上仿佛还开始了一些新的东西。我觉着在我自己的各方面都达到了一种成熟的时期。我开始有了一种欲望，我不是希望有一个我所想象的环境，而是在某一个环境中可以看见我自己。就是说，要用我自己的力量去处置我的生活。

除此以外，我以为别人所有的事情我也要有——比方说，别的年轻的男人跟女人们所有的事——不受我的狭小的周围所管辖。我需要读很多的书，需要理解许多人理解的事，需要有我的理想中的光荣；还需要恋爱，因为我是正当那样一种青春。

在进那个学校的第一年我是学文学。第二年我便转了，我去学哲学。

那时我去学哲学并不是为着什么更高更远的目的。我根本就没有想到哲学与人们的某种目的会有着什么真正的关联。我只知道，哲学在人们的学问中是一种很高很远的东西，它在各种知识中是属于一种很高的部门。因此，学哲学的人们也会被人看作是一种很高很远的人物。这还不是我去学哲学的一个完全的原因。另外一个原因是在我还没有去学哲学以前，我曾经选过一班哲学的课程，关于歌德的哲学。

那时担任这个课程的是一位哲学系的主任先生。他的家里搁了许多歌德的，跟关于歌德的书，墙上挂着很多歌德的像，他埋头学习过歌德的书籍，去过歌德的故乡。

"歌德曾是一位为着自由而努力的哲学家。最真最美的是最高的文学，歌德是为着真与美而创作的文学家。歌德是伟大的。"

主任先生在歌德的讲座上曾经这么说过。当他在这样说的时候，他那戴着眼镜子的圆圆的脸上现出很激动的样子。

于是歌德在我的脑子里常常出现一个伟大的影子。这影子便

154

引我走上了这样一条路：开始去学习哲学。

从那时起，我对于生活的观念又萌芽着两个不同的，也可以说是相反的东西。我希望在人们中去认识一些真实的生活部门，在这些部门中我可以寻着领我走到我所想去的那个地方的方向；我了解这些生活部门中会有许多残酷、丑恶，甚至于是些比卖淫妇还要可怕与卑贱的事物存在。同时，我又厌恶丑恶，我想人们都是跟我一样地厌恶丑恶，因此我便幻想着世界跟人都是美丽的；于是我便在追索现实的那个过程中用自己的超理智的力量，随时去避免包含着丑恶的现实。在我自己与现实生活的那个边界上，我向自己说："一切都是美丽的！"于是我便在这样一种我所想象的周围去追求爱情、美与自由。

但是在那时候，许多事物都不能如我想的那样；那里是一个政府的学堂，那个环境是庄严的，在庄严的环境里，人们不能表现自己的真的感情，因此在人们的生活中找不着美的事物。其次便是为着要维持某一种庄严起见，人们都不得按照自己想的去做，比如说，如果你要懂得一些经济学的知识的话，你就去到图书馆里，那里的书架上陈列着许多又厚又大的如亚当斯米斯这一类学者的书，或者是更厚更大的经济学与经济思想史。如果要读哲学的书，你就找装订得跟锦缎一样美丽的歌德跟尼采的著作与传记，或是亚里士多德跟叔本华的论文，或者是很古老的关于一元、二元论这一类的书。

至于爱情呢，年轻的人们都是要追求的，因此在我们的人们当中时常有这一类的事情，然而结果总会是些悲哀的。记得在我们宿舍里我的一个同房间的女孩子曾经有过这么一回故事：她是音乐科里的一个学提琴的学生，她出生于一个古老的家庭，她的家乡在黄河以北的古老的地方，她来到这学校完全是用着她自己的战斗的力量逃出来的。她有着圆形的泛着红色的脸，大而明亮的眼睛，健壮的身体；她是一个十七岁的女孩子，她的名字叫李蕙。

她爱穿布衣裳，不爱擦粉。她喜欢跟同学们在一块儿游戏。她相信人们对她总是好的，因此，当她感觉跟她好过的人待她不很好的时候，她便会很悲伤地哭起来。可是哭完以后，就像是把一切都报复过了一样，她又仍旧跟她们在一起了。

她一点儿也不放松她所学习的东西。早上当别的许多人还不曾起来的时候，她便很严肃地站在一个跟她差不多高的提琴谱的架子面前，用她那肥胖的手拉奏起来。如果有人向她说：

"你太早了，可以在下了课以后来练习啊！"

"没有工夫，要出去玩。"她很多的时候总是这样回答。她的话刚说完，提琴的弦子便又响起来了。

她很久都是一个人，没有男孩子跟她。忽然有一阵子，我总有一个多礼拜没有看见她，那是那半年的第二次月考时期，每天在大家都没有起来的时候她便拿着一本大书跟她的提琴到音乐教室里去，有时嘴里还哼着跟她拉奏的提琴一样的调子；晚上，当大家都从图书馆里回来的时候，她已经睡在床上，而且睡着了。后来，在那个月考完结了以后的一个下午，我们都站在屋子外面的草地上，都在休息的时候，她来了，拿着她的提琴跟她的大书。她不是一个人来，在她的旁边有一个穿着西装跟短裤的，看上去大约有二十岁以上的男孩子。他有黑黄色的脸，深而黑的亮眼睛，比他的脸要白很多很多的白而整齐的牙齿，跟诚实而坚毅的姿态。

我一看见就认识他，他的名字叫宋清，他是我们社会学班上的同班生。他除开在他的考试上每次都得着优等的成绩以外，还是一个努力于我所想了解的那些问题的人物；他很努力研究政治问题。

"从哪里来？"我问他。

"刚踢过球，你看。"他说。他的肩膀一动，随即把脚伸了一下。他的脚上不是穿的亮亮的皮鞋，而是布满了灰尘的运动鞋。

"你是第一次到我们这里来啊。"我说。

"是，怕你们不喜欢。"他说，仿佛一个正在做立正的姿势的兵士一样，扭了一下他的头，然后笑起来。

"是吗？那么为什么今天竟然来了呢？"我们的一个女孩子说。

"我想，不喜欢，可是也许不会讨厌，是吗？如果真是讨厌我的话，那我也得发现你们讨厌我以后再走。这是我对于真实的追求啊！"他笑着，挽着李薏的膀子，在他黑黄的脸上好像有一点儿红色。

从这天以后，宋清跟李薏时常出现在我们屋子前面的广场上。有时候李薏拿着提琴，宋清替她夹着很大的书，有时候李薏拿着书，宋清拿着提琴。

一次，他们之间发生了一件事情，在这事情之后李薏就没有到这学堂来了。

就在那一年的一个圣诞的夜里，宋清送李薏回来，他们是从另一个学校里的晚场音乐会里来的。

天上没有云彩，月亮发着蓝色的光，白雪在地面上静静地铺着。女生宿舍的大门已经在两小时以前停止了被人出入的任务，连门警也站到人们所看不见的地方去了。

"糟了。"李薏说。她望着锁着的铁门，徘徊着。

"忘了这件事了。"宋清说。

"我倒想到了，但是我听说今天的大门要开到十二点钟，指导员自己也要去参加音乐会呢。"李薏说。她的两只穿着单薄袜子的脚完全被雪掩埋了，她的肩膀颤抖得像正要开动的摩托车一样。

"然则她怎么回来呢?"宋清说。他把铁门使劲地推了一下，但是里面没有应声。

"她怎么回来我们倒不必去管了，校警是受她的命令而关门的，我怎么进去呢?"李薏说。

月亮走到一丛叶子完全枯落了的树梢里，树枝的影子映到完全看不见地面的雪上；一切的东西，在他们自己所能看见的世界里的一切都沉没在蓝色的光辉里。

宋清跟李薏离开了那扇在他们看来好像永不会开的铁门，向着回来的那条路上走去。

风跟积雪已经断决了所有的行人。绕着他们的只有掩在模糊的白色中的山顶和房屋，还有十几堆埋在校舍后面广场中的野坟。

"怎么办啊，再过一个钟点我的身体就要僵硬了。"李薏说。她的声音有点儿像要哭的样子。

"太爱美了啊，现在还穿这么薄的衣服。"宋清用手围住李薏的肩膀。

"把我所有的衣服都穿起来也不够站在这里挨冻啊!"

"嘿，你知道这围墙里面是什么地方，可以从这里跳下去吗?"宋清说。他立在比他的身体稍微高一些的围墙下边，从这围墙外面，如果他的身体比他原来的再高一些的话，便可以看见李薏所住的那所房屋。

"什么也没有，那里就是会客室。"她说，一面做着手势，指着她所说的那个地方。

"如果你说的一点儿也不错的话，你立刻可以回到你的房间，睡在你的床上，然后铺开你那很厚的棉被，盖在你的身上。"宋清在说话的时候，从墙对面的一堆枯草里搬出了一块可以站两个人的石头，把石头搁在围墙下面，然后自己站上去，向围墙里面探望着。

"可以爬进去吗?"李薏说。

"不成问题，可是要小心。"

于是宋清把李薏扶到石头上，自己也站了上去。这时月亮很光辉，但是烟雾笼罩了世界，人们所看见的事物，不能如在白昼里那样清晰；因此她究竟如何翻过了那所围墙，宋清怎么帮助她的，我不能知道。我只知道李薏尽了她所有的能力，爬过围墙，回到宿舍去了。

过了一星期，在一个空中飘着白雪跟地下凝有厚冰的下午，一个跟我同班的女孩子告诉我说，现在学校里都传闻着这么一回事：圣诞节的夜里，有一个本校的男学生爬过女生宿舍的围墙，勾引一个女学生，教务处认为这一对男女犯了妨害风化、毁坏校誉的罪，理应开除，但念初次犯过，每人记了大过一次。

这消息发表了的第二天，李薏病了。隔了两星期校里便放了寒假。当我第二学期再上学校去的时候，李薏不见了。

从这次事件以后，在学校里很久都听不见这一类的故事。男女们见面的时候都很平静；熟悉的装作生疏，认识的装作不认识。大家都安静而平凡地生活着。

然而究竟是些年轻的人们，生活虽是平凡，心情却是跳跃的。他们不唱爱情的歌，可是在一方面，在某些情形以外，谁都想在自己的平凡的生活中树起不平凡的旗帜。并且，在这以外，谁都想获得那样一种自己所理解得到的自由的生活。这就是说，要在自己日常的生活以外去寻找一种更真实的东西。这种东西，在某些程度上人们可以当作揭破一切欺骗和不平的工具。

这时学校里有一批活跃的人们，他们不喜欢在课堂上所听见的东西，他们以为那是死的，他们要知道一些与活的生活有关的事物，而这些是要用自己的努力去找寻的。于是他们在课外组织了一个学术研究会，是专门讨论社会跟政治问题的。在当时，学生们的课外生活，除开是些游戏跟体力上的运动以外，至于一些与政治或社会思想有关系的活动是不可以由学生们私自举行的，必须要有教师的允许跟领导。这个研究会，在实际的会务跟讨论工作由学生自己处理而外，出名负着领导责任的是一位教授先生。这位先生，他有着短小的身个、精密的思索、跟各种各色的人们去联络的手段。他好几年前便从美国回来了，但是到现在为止还保持着那种刚回国时候的潇洒活泼的美国风。他是一位马尔萨斯学派的社会学教授，可是当他走上课堂，把那一双穿着像笔杆一样的西装裤子的腿踏上了一定的地位，嘴里像祷告一般说出许多不是直写而是横拼的字母的学术语的时候，与其说他是一位社会学教授，不如说他是一位语言学教授。

究竟他是一位什么教授这倒不是我们在这里需要注意的事。

并且，除此以外，对于他所出名领导的这个研究会，他除开当开会的时候，用四平八稳的步子走入会室，然后四平八稳地坐下，随后，散会的时候，他又用四平八稳的步子走出会室以外，可以说他跟这个研究会，没其他的关系。因此他的姓名在当时的一般学生会员当中并不引起注意，我在这里也就不必提起。现在要提起的倒是另外的两个人物。

这个研究会除开那位出名领导的教授而外，实际上负着任务的是一个社会学系的学生。他是一个有时喜欢开玩笑，有时严肃得使他的朋友都害怕的，有着坚强体魄的人物。他在学校里的姓名是李扬名，但是他的片子上印的却是杨名。

"请你来参加我们的讨论会。"他向我说。这是在一个不暖不热的天气的下午，我在我们宿舍里的会客室里看见他的时候。

"那我自然很愿意啊！"我说，"什么时候呢？"

"就是今天。"

"就是现在。"另一个人说。

这使我注意了一件刚才疏忽了的事情，就是当杨名进来的时候，他不是一个人，而是同着这样一位人物来的。他来的原因不是为着给我介绍那位朋友，就连那位朋友自己也是来找我去参加那讨论的；因此一进来的时候他没有在我面前为他做介绍的手续。这是我当时想得到的事情。

"这位是凌先生，也在社会学系。"那位客人说完了那句话之后，杨名补上了这样一句。但是当时从他的态度上看来，这句话对于他并没有重要的意义。

"我叫凌青不是凌先生。"他接着杨名说。"不错，你很有幽默的天才啊！"我想。

凌青是一个跟杨名有着完全不同的姿态的人物。他有一张长形的淡黄色的脸、浓黑的眉毛、深红色的嘴唇，跟细长的体格。他穿着一件合时的而且也非常适合他的体格的绿色的西装上衣；西装的内衣是雪一样白的，内衣上没有打领结，领子像两块三角板一样从细长的颈子上翻出来。总之，把他的一切都合拢来，他有着一套使人看过去不是十分健全，而是使人愿意去揣摩的翩然的相貌。

"那么今天是讨论一个什么问题呢?"我问。

"啊，这题目不是我们决定的，一个很抽象，而且是不容易讨论的题目，'战争是否可以避免'，你看多么抽象。"凌青说。他的肩膀和面部不断地做着姿势。

"然则这结论怎么下呢?"

"原是找你去参加讨论啊，我们的准备是一个人做报告，大家发表意见。我赞成我们现在就去。"杨名说，他自己已经站了起来。我想着一定他们两个在这会里都是重要的人。

讨论会在一个上经济学的课堂里，这是为了这一个课堂跟其他的距离得特别远的原因。

当我们到会的时候，课堂里已经坐下了三十几个人。据说这数目是这个讨论会里人员的半数，这半数的人总是按时到会的，这半数以外的另一批人，便是在会开了以后，用一种时断时续的方式进来的。

在这讨论会里人们的神情都很紧张，然而紧张的姿态各有不同，有的好像急着要听别人的报告，有的要发表自己的主张；另外一些——自然是少数的，可是也是必然有的——却是急着要在别人说完了话以后显一顿自己的威风。威风的种类大概是这样：

一种是用大声的，这大概说："这样的讨论会毫无意思，这简直是扰乱校风，挑起不正确的思想。"另一种是用小声的，那便是说："开这样的讨论会可是可以的，并且也很有意义，不过应该多请教师指导，青年们的思想总是不很可靠的。"

除了这许多带着各色各种兴奋神色的人物以外，还有一位一点儿也不使我们注意，然而终于使我们注意的人物，那便是我们在上面已经认识过的那位出名领导的马尔萨斯派的教授先生。这位先生他还是如我们以先所知道的一样，在会室里四平八稳地坐着，脸上一点儿也不紧张，心里在说："不管你们怎么胡闹，只是我不说话，完全不说话，一句不说!"

会议开始了。

"请预备了的人报告!"主席说。

于是有一个人站起来，走到主席原来站定的地方，主席站到一旁。他用滔滔不绝的言辞做着报告，记录的人照着他的话记录下来。大约经过十分钟，他报告完了。于是主席综合了他的话，重复地报告给听众说："战争是残酷的，也是自私的，但是人类中免不了有一种自私的人物，因此战争是不可避免的。"

第二个人起来报告，站在同样的地方，也是滔滔不绝的。在滔滔不绝之后，主席又重复地做了结论："战争是残酷的，人是有人性的，人性的人类总是爱好和平而厌恶战争的，如果人们能够推广人类的人性爱，战争是可以避免的。"

轮到第三个人的时候，群众中有一个人说："现在应该是主席报告。"

于是主席站在报告者的地位。现在大家对主席都认得很清楚，他就是杨名。

大约经过二十分钟，主席报告完了。没有人替他做结论，于是他自己说：

"我的结论是：战争的起因，由于每个人对于自身利益的争取；这种为着争取自身利益而引起的战争是起因于私有财产制度的社会；因此在私有财产制度的社会中战争是不可避免的。"

主席说完了最后的话以后，把自己的位子让给第四个人，这第四个人便是凌青。

凌青走上来。他的样子很和蔼，但是和蔼中有一点儿骄傲。他的眼睛不愿意去看那位教授先生，但是终于看过了他。他的姿态不像是一个在向他的同人做报告的报告者，而是像一位教授，坐在下面的都是他的学生。他开始说：

"我们已经知道，而且承认战争是由私有财产制度而产生的。换一句话说，是世界的人类，为了争夺财富而产生了战争。可是我们得知道战争有侵略的，也有反侵略的……如果我们要反对战争，那我们只是反对前一种。如果希望人类根本没有战争，那得首先反对私有制度。"

凌青的报告完了。他在说话的时候又用了不愿意去看的眼睛看了那位教授先生，教授先生却没有看他，也许他看了，只是他戴着眼镜，人们不能观察清楚。

"你对这个讨论会感觉得怎么样，你为什么没有发表你的意见呢？"凌青问我，当我们从会室里出来，走到操场上的时候。

"很有趣味。"我说，"并且也很有意义。我愿意常常有这样的会。你报告得那么好啊！"我自己对于我这一串话里面认为最要紧的是最后的一句。这话的确是我要说给他听的。然而在这个原因之外还是我自己想说的，我有这样的感觉。

164

从讨论会里出来之后，本来是我们三个人走在一起，凌青、杨名、我自己。不知是什么时候，杨名说："因为有一点儿别的事情，我要快点儿走。"于是杨名就走开了。剩下了除我自己以外便是凌青。

"我可以送你回去吗？"他说。

于是我们便向我回宿舍去的那条路上走。一路上他跟我谈了很多，从报纸上的记载到学校里的情形，从男人跟女人谈到家庭，到恋爱；最后以刚才的讨论会做了结束。

"我们要合作，要用我们的全力去纠正这里的许多不正确的思想。一定这么做。"他说，晃了一下肩膀。

在这次以后，每到开讨论会的时候，凌青便预先来到我的宿舍里，向我说："今天又要开会了啊。"于是我们便一同去了。也从这时候，我对这个讨论会发生了很大的兴趣。我以为去参加讨论会比上课有更大的意义；我可以不去上课，可是不能不出席讨论会。

我跟凌青时常都在一起。在讨论会以外，我们还一同去图书馆和游戏。他跟我说："在封建社会中，人们对于男女的观念是不正确的，谁都把女人看成是一种附属的东西。资本主义社会的看法比较进步一些，女人不是附属的东西，然而是一种商品，这也是不对的。在这两种社会中人们对于男女的观念都是不平等的，男人对于女人的看法时刻都用着特殊的眼光，女人看自己也是这样，因此在男女中间时常有些不自然跟不正确的关系。新社会的男女是反对这样一种观念的。他们认为，男人跟女人，对于社会是有着同样的关系，他们之间，一切都是平衡的，他们往来也是自然的。我们应该学习新的，推翻旧的。"

"很对，"我说，"我们对于一切旧的都应该采取一种革命的方式。男女的关系也是一样。"

除开许多情形以外，凌青还是一个善于议论的人；他能把一件事体从问题的本身引到很远很远的地方去，还会从离那个问题很远的地方引到它的本身。他的这种谈论的方式并不是一种伦理学上的归纳或者演绎的方式，而是一种论文式的泛论。比方说，当他跟人谈到"生物是要传种的"这一命题的时候，他便会先从太阳说起，太阳是如何的形体，有多大的热力；它跟地球有多远距离，它是如何一种运动的方式。然后便说到地球，从地球到河流，从河流到矿产，然后到生物的本身。他的结论是："自然现象是各有不同的，'用进废退'跟传种是生物学上的特点。"还有一种方式便是，比方当他谈到斯大林的时候，他会从斯大林的一生谈到拿破仑，从拿破仑谈到项羽，从项羽又回到斯大林的本身。他的结论是："这些都是人类历史上的英雄，为什么他们之间有的竟会失败，有的竟会成功，因此我们对于斯大林要有种特别的看法。"

有时他也会谈到恋爱的问题，他说他很怀疑在我们生长的这个社会里会有真正的爱情。在这种社会里，人们都是自私的，如果一个人不能用自己的热情去爱人类，他也不会使用自己真实的爱情。谈到这些问题的时候，他的脸上经常都是带着一种骄傲的自信，从他这样一种感情之下的动作里，跟他在谈话的对方的耳边，轻轻地会听到他的心在说："你知道吗，我的谈话是有一种超人的作风，因为我有着超人的见解啊！"

然而不知从哪一天起，凌青的影子竟走到我的生活中来。把他的影子跟我的生活连在一起，正像把两种试粉倒入试管里去，然后去看那试管，试管里的东西不是原来的两种试粉，而是一种跟原来的哪一种都不一样的新的东西。我原来的生活就像是试管里原有的一种试粉，现在却变成一种新的东西了。

同时，也从某一天起，我也觉得在我的生活面前有一种可怕的力量；这种力量不完全是外来的，是在某一种外来的东西中夹着我自己的存在的一种势力。这种势力，它本来并没有可怕的意义，它所以引起我的恐怖的感觉，只因为在我的生活中，有一种因素跟另外一种起着矛盾的作用。我要去追逐这样一件摆在我面前的东西，然而我又要保持我的矜持，因此我觉得那件事情可怕，那就是爱情。在这时我还有两种另外的不同的心理：我认为一个年轻的女人，在一种不是寻常的友情关系的情形里跟一个年轻的男人在一起，那会是一种羞耻，一种在任何人面前都会要感觉局促的不可告人的事，那简直是一种不天真，乃至于是不纯洁的事；然而在另一方面，我又觉得那是光荣的、美的，也是幸福的。抱着对于这种事情的这样悬殊的心理，而自己也来到这种事件的面前，我恐怖了。我向我自己说："不要畏怕啊，那会是美丽也是幸福的。"我又说："保持着你的尊严啊。"

每天，当下午散了课的时候，当我把这一天从课堂里带出来的疲乏都宽松了的时候，便有那么样一种影子浮进我的意象中来；这影子，不是像在以前——很久的以前跟最近的以前——也曾来过的那些：面上蒙着轻纱的希腊的女神，头上顶戴着圆光、美丽而圣洁的圣母玛利亚，骑着壮马、装饰着宝刀与金甲的壮士。这是一个有着自己不来而我会去追踪它，跟驱逐一切别的影子的力量的，是一个现代的，日常都跟我在一起，会向我歌唱革

167

命、自由与爱情的人物的影子。当这样的影子临近我的时候，我有时感觉着愉快和新鲜，有时却会惧怕而烦恼；我是被一种，从我有了生命以来，从远古跟创世纪以来都未曾有过的那么样一种力量主宰了。

对这样的影子，我害怕，然而还是要追逐。在它面前我会烦恼，然而我不能没有它。我想避免这东西，可是避免的时候还是在追逐；正好像一个失眠的人想要避免去思索一切，然而终于是在思索一样。跟它在一道仿佛我有特殊的生命的能力，我有丰富的青春，我有特殊的美丽；我幻想一切美的事物，仿佛从这里我可以得着一切，我会有幸福，有美丽而永恒的世界；我会有战胜宇宙的健壮的生命。

一九三九年除夕脱稿
一九四○年三月改正

后　　记

这是一本关于我自己的生活的小说。小说中的事物不尽是我自身所亲历的，然而在现在的我的回忆中，那些都是与我有着密切的关系；因此我把那些都收集起来，搁在这部生活小说的没有出现姓名的第一人的生活里，算是我自己的。我想，在我对于这本作品的内容的充实的希望上，我是可以这么做的。

我对这部作品原来的计划是分成两部，第一部写我自己的幼年跟少年时代，第二部写成年时代，每部准备十五万字到二十万字。后来我的朋友平万君的意见，叫我把它分成三部，每部十万字左右，这第一个原因是便于我所要写的故事的分期，其次是合于这部丛书的篇幅。因此我放弃了我原来的计划。

至于这本《新旧时代》的内容，我是拿我自己做中心，写一个在我们民族革命解放斗争当中，在我们的全民族都在反抗封建势力跟帝国主义，走向新民主主义国家时候的女性的生活。一个经过了她那种生活的女性是否应该走到她后来所走的这路上，一个一向都梦想与追求着自由跟解放的女性，要怎么样才能获得自己的希望，一个如何从旧的封建生活走向新生活的她的生活过程，这些都是我要告诉读者的。

现在所完成的只是第一部，也可以说是从今天以前的我自己生活的三分之一。前年春天我开始写这本小说，到现在完成了九万的第一部。拿两年写九万字跟五六年及至六七年写成一部二三十万小说的伟大的作家去比，时间是并不算多的，现在所惶恐的是，不知在我这本书出版以后，我自己能否获得那些作者们对自己作品的几分之几的安慰。

最后，我要说的是，现在我能完成这本小书，能有这么一点点的生活记录，在教养我的母亲以外，我要遥远地感谢我的书里面所写到的那位陈靖君先生。我从封建家庭逃出了以后，便以一个既无维持生命的财产，又无生活能力的未成年人的资格住在他的家里。他们夫妇是贫穷的，然而他们竟以自己所有的能力跟诚切的友谊帮助我——跟我的妹妹——念完了我的大学。以后，他又以一个民族战士的同志的热情，用他的精神与物质的援助，鼓励我走上了现在的路。他曾引用某一位革命先烈的话跟我说："要生活便要斗争，不要忘记我们每天都在斗争当中。"他一直都鼓励我，鼓励我学习，鼓励我写作，鼓励我斗争。他更鼓励我写这个长篇小说。现在我完成了这一部分他所鼓励过我的工作的时候，我却已经两年半不曾看见他，一年半未曾跟他通消息。但是我遥远地知道，那位佩姝是在国难重重当中死去了，然而靖君是对于民族患难的愤慨超过了他个人的悲哀，他现在正在我知道得不很清楚的地方，跟许多战士在一起，在为患难中的祖国而战斗着。

一九四〇年三月上旬

黎　　明（节选）

彷　　徨

一

一个空中充溢着快活阳光的四月的时节。人们从被寒冷的冬天，与沉郁的仲春所缠绕疲乏了的身上更换了衣裳，也从同样的脑子与心地里更换了感情与思想。孩子们思想跳跃与嬉戏；老人们思想拜访与出游；少年们思想倾泻那带着诗与音乐节拍的扬抑而澎湃的情感。

在靠近南京郊外的地方，有一个由政府所设立的广大的有名的大学。在学校的后面，临着学校后门的一条寂静而清洁的小巷子里，有几幢被一道长着常春藤的围墙围绕着的房子，这些房子里便住着这个学校里的女学生。这些女孩子们，在她们没有功课的时候，平时都寂静地在她们自己的房间里，在晴朗而温和的天气里，便夹了她们自己的书，有些坐到面临着满布花草的宽广院落的屋门口的石阶上，有些便坐到院落中的浅草上。

在这样一个好天气的日子里，也跟别些女孩子们一样，杜菱也坐到她惯坐的那块屋门口的石阶上，手里拿了她的书本。

天空中移荡着从太阳旁边驶过去的浮云，但有的时候从一明一暗的草地上的光色看去，知道不时也会有一小片的云彩从太阳上面穿掩过去。而天色毕竟是翠蓝而晴朗的。

杜菱望了一下天空，环视了一番周围的点缀着红绿的丰盛的春天的草坪，又看了坐在青草和石阶上的看着自己手里的书本的别些女孩子们；然后低下了头，从她少女的胸中深透了一口愉快而困倦的气息，困乏地微笑着，向自己说：

"多好的天气啊，要好好地念书了!"然后从身旁的石阶上拿起一本又厚又大的硬封面的书，重新把它搁在膝上，展开来。

自从母亲死了以后杜菱就没有家了。她只有一个妹妹、一个外祖母，还有一位姨母。除此以外什么也没有。她的姨母好些次要把她嫁出去，说她已经大了——的确是，她已经十七岁了，并且看上去比许多已经做了母亲的少妇发育得还要健全——如果再隔两年便要给人当继室了——据她的姨母说，女孩子过了二十岁便不容易有人要，除开是当继室——为着这件事姨母的确为她花过不少心思，打听过不少对象。每一次当她把她认为合格的对象调查过一番之后，便去告诉杜菱，眼睛里满含着眼泪说，这是她为她的多么大的苦心，多么大的诚意，希望她不要因为不懂事情而辜负了她。当她的姨母头一次这样说的时候，杜菱红起了她的脸，一句话不说，也不看她的姨母就走开了。第二次的时候，还是红了脸，一句话不说，姨母又眼泪汪汪的。当姨母向她说第三次的时候，她把脸望着墙，向姨母说："姨妈已经说了三遍，第四遍我可不听了!"也就在姨母把同样的话说了三遍之后，杜菱就从姨母那里不见了，姨母有整整两年没有看见她。

至于杜菱的性格呢，在跟她接近的那些人当中，有的说，她真是好脾气，她很温柔，温柔得像一个母亲，或者是一只绵羊，同时又很天真，天真得像一个孩子。但据另一些人说，她的脾气简直坏得使人讨厌，她又泼辣，又会吵架，又会跟人翻脸。她会一连几天不理人。因此还有些人便说她是神经质，说是摸不清楚她的脾气。的确，她的脾气就连她自己也是弄不清的；总之，她是没有一定的，她是想到了就说，高兴了就笑。她从来不想到见着了什么人便说什么话，或者看见哪一种人便要采取哪一种语言和态度，采取哪一种说话的方式这一类的事情。也许有的时候她会想到，但是她绝没有那么一种方法去适应她所想到的事。她跟她所接近的人们之间的关系，是采取了这么一种如她所谓的，仿佛是"兴趣"这一类的东西。这就是，她每接近一个人的时候，不管她跟这个人之间应该有一段如何的关系，而先根据她自己的兴趣去对付这个人。因此有时——假使对方的兴趣也跟她的暗地投合了的话——她会跟一个她所刚认识的朋友发生热烈的感情，她会愿意为对方牺牲她所有的，人家对她也是一样。有的时候，她会把事情弄得很糟，在她自己一点儿也不知道的时候，人家会不高兴乃至于恨起她来。还有的时候她根本就不理人，不管那个人是否是她必须去理睬的。总之，她喜欢一种她感觉到对她是热烘烘的人，不管这种"热烘烘"有多少真实的成分。她总以为一切的人都是如上帝所知道的那样，大凡是"热烘烘"的全是真的。所以要是有一个年轻的人在她面前，不管是由于喝醉了或者是由于某一种别的冲动，向她说："你真是我的朋友，好朋友。"或者是"唯有你才是我的真正的朋友"这一类的话的时候，她便感觉在她内身起了一种类似电一样的作用，起初她的头部有点儿发晕，然后从晕变成发热，然后全身发热，这时她便情不自禁地，带着她已经去镇压过一番的颤抖的声音说："真的，我一看你便想跟你做朋友了，你，啊，你再诚恳也没有了!"于是她自己便想着，她现在有了真正的朋友，好朋友了。她有人了解，有人像她愿意为人牺牲的那样去为她牺牲了。于是她便一夜睡不着觉，想着第二天如何去给她写信，如何去找她玩；送她一点儿什么东西或者替她做点儿什么去表示她对她的友谊。于是她在好几天中都沉埋于这样的思想里。其次她还喜欢一种时常说一点儿像"这个纱多么薄啊!"，或者是说"月亮长在云里面"这一类的傻话或者是有趣的话的人，她认为那是聪明和天真。总之她是随时随地都要讲兴趣的。如果不合她的兴趣的话，她认为即是一种俗不可耐的人，她是不愿意去跟他们说一句话或者去看他们一眼的。

从这些地方看去，可以说杜菱是一个，在性格上说，还没有成为一种女形女式的，是一个朴质而不修饰的女孩子。

然而跟她这种朴质的性格相比，她却又有一种相反的性格，对于她的外貌她有一点儿爱修饰，虽然她每天在修饰上所花去的时间并不多。在她看来，要好看是出于年轻女人们的天生的性格；而且这也不是不好的，因为每个人都可以用她最简单的方法去把自己修饰得好看。这种为着自己好看所费去的最少的时间，并不会妨害她的生活史上的某些事业的发展。除此以外，修饰这件事对于她仿佛还有一种特殊的意义：那便是她想着，假如一个天生的好看的女人——任何部分都长得好看——不需要修饰去使她更美，或者是一个特别丑陋，即使面部加上妆点，身上穿上好看一点儿的衣服也增加不了对人美感的人物，那是可以不必去修饰的。至于她呢，她长得并不好看，一张浑圆的脸，没有尖锐的下巴，一个略微宽平的鼻子，眼睛下边也没有一条跟许多好看的姑娘那样，随时都呈现着浅笑的波纹。总而言之，如果把她的脸拍一张照，送到招收女演员的电影公司去，那是一定不会被录取的。可以说，她的脸上没有一点儿适于雕刻家所想象的那种线条。但是，她有一个强健而挺直的，除开略嫌短小一点儿以外，发育得都很适度的身体。她的眼睛乌黑而发光，从那一粒闪耀的圆小的黑眼珠上，可以看出她的憎恨与同情。她有白而整齐的牙齿，圆小的嘴，从两边吊起来的嘴角上，时常露出一丝天真的微笑。把所有这些条件合起来，不能说她长得好看；但是当一个人跟她接近起来，特别是有一种言语跟事件把她打动了的时候，便会从她的情态上感到一种富于母性的、狂烈而诚挚的傻气。在这样一种情态下边，年轻的人们，有的觉着她有趣而喜欢跟她在一起，有的呢，竟然是往往忘记了她的关于美的缺点，而由于相反的感觉喜欢跟她接近起来。对于这一点她自己也明白，因此，有的时候，她捧着镜子，端详着自己面部的缺点，发出"啊，假如我的脸略微长一点儿，下巴是尖的；我的鼻子高一点儿，鼻尖是窄小的；假使我的眼睛……"这一类的感叹。但有时她自己也还满足，她向自己说："我倒也并不很难看。还有许多比我难看得多的人，而她们还自以为好看的呢！"总而言之，不管她对于她自己的美感觉到遗憾，或者有的时候也会感到满足，关于她所谓修饰——极简单的——的那件事她是不肯免去的。她要画眉毛，把它画得比原来的长一些，使脸的下部显得比较窄小；她不擦粉，但是颊上要涂一点儿胭脂。除此外，不穿引人注目的衣服，但是色调要配得调和。这一些都是根据她自己认为的，她不是好看得不需要修饰，也不是难看得不能修饰的人。总而言之，就是她自己也不否认，她是多少有一些爱美的。

除了这点以外，杜菱在学校里一向都是，实在是，不倦地工作着的。可以说，她有一种用功的习惯：不管是冬天或是夏天，极冷与极热的时候，清早上她总在一定的时候起床；起床之后，在极短的时间里，用一种敏捷而带点儿粗率的手法完成她简单的梳妆。然后，在与她同房的女同学还未起床之前，她便已经坐在她的整齐而带一点儿杂乱的书桌面前。她开始做的一件事情便是念英文；她预先把头一天上的念几遍，把生字记熟，然后预备当天的课程。也有几次她不念英文，她从一大堆书里面抽一本出来，翻几页，然后搁下去；又抽一本出来，又翻几页，然后又搁下去；这时她所翻阅的书是什么我们不知道，因为她总是很快地抽出来，又很快地搁下去。不过，在早上她大半都是念英文，对于念英文她有一种比较好的习惯，就是每次在上课以前预先把生字查好，并且绝不把查出来的生字注在书上，她用清楚的字目写在一个专门写生字的小簿子里。她做完了这些事体以后，便到食堂里去用早餐，早餐以后，学校里敲起了第一堂课的预备钟，于是她便上课堂去。下午，在下了课的时候——有时她只有半天课——她做一会儿相当的休息，便开始自修的工作。这时她预备她的第二外国文。然后——在晚餐以前或者以后她跟她的同学去散步——在晚上，她读她课外的书或者看一点儿从图书馆里借出来的参考材料。还有其余的时间，那就是在上下两堂之间所空出来的时间，她便去上图书馆。

这种用功的习惯并非是由于她天生的喜欢念书——也许她有

一种喜欢念书的性格，然而照现在这种方法绝不是由于天生的爱好——念书这件事有的时候使她感觉愉快，但有的时候也会使她感觉烦恼。然而她终于在她的许多生活习惯中养成了这种习惯的原因，第一是，她现在所在的这个学校有一种用功的风气。这个学校是政府创办的，在长江流域的许多学校中它是受着政府最丰富的津贴。因此许多有志入学而生活困难一些的青年——自然也有许多并不困难，不但不困难而且是富裕的——没有能力上其他的专门学校或者大学去的都来到这里。于是学校里便有了许多把念书这件事看成是难得而且必要的学生。这些学生就在上面所说的那种"用功"的校风中起了很大的作用，而这种风气在学生中也是一种有力的影响，可以说许多学生把自己的功课都是看得顶认真的。其次呢，便是杜菱自己本身的条件，除开蒙上了学校里面的这一般的风气以外，她也是一个，正如上面所说的，为了经济生活的关系而进到这个学校里来的。她没有家，她的父母在世的时候也没有做过替她留下一笔教育费用的准备——如果她是她父亲的儿子的话，也许他会想到这种准备而去打算，因为不是，所以他根本就不曾想过。母亲呢，想是想过的，然而等她想到的时候，已经不能够按照她所想的去准备了。父亲死后，母亲是靠着在初级女子师范教书来养育孩子的——因此，在她的本身，她根本就没有上大学里去念书的那种可能，她自然是不能到其他比较贵一些的学校里去。而到这里来呢，也并不是她有这种可能或者准备——最少的钱她也没有——她是糊里糊涂来的。是有一天，在她打算了很久以后，从一个比她稍微好一些的她的朋友那里拿了五十块钱，于是她便来了。这样，在有些时候，当她觉得她所必修的某些课程使她感觉无聊，或者某些教授在课堂上尽讲一些书本上早已有过的刻板的话，或者比书上有过的刻板的话稍微有趣一些的，比方说他如何去当留学生，如何作天才的毕业论文；他有一只希腊种的大狼狗，这只大狼狗只会吃牛肉跟听法国话这一类的事，使她感觉烦厌而不想去上这一课的时候，一想着也许下一期她不会有五十块钱来念书的时候，她对这样的课程与用这种方式去授课的教师便立刻感觉有趣而宝贵起来了。她总感觉她对于她现在这种学校的生活是暂短而难得的，于是即使在厌倦的时候，她还是按照她所想的应该的那样做法去工作。

她的用功的习惯大半是由于这么样一种情形来的。除此以外，使得她一向都很用功的还有一种另外的力量，这种力量是在很久以前就潜藏在她脑子里的。就是她有一种想法，她不要做一种超人——她向来就不相信一种超人，她以为那是假的；如果真有那么一种人的话，那也是大家所做得到的。不过，据她口头上说起来是如此，而在第三者看来，在她自己所不曾发现过的她的心里实在是偷偷地隐藏着一种，至少是，她要做一点儿超人的事情的思想。关于这一点，也只是作者在这里偷偷地告诉读者，如果谁要揭穿了去问她的话，那她一定红着脸，说这是她最反对的，她简直想也不曾想到啊——但是她要做一种别人所做得到的事。大凡别人所能够做到，而也是她自己所应该做到的事，她就要去做。她所应该做的事是很多的，比方说，她要让人尊崇，让人理解，让人爱戴，让人说她很聪明以及许多，反正是让人说她好这一类的话。在这一大堆事情面前她起初是茫然的，她不知道怎么做法，应该先去做哪一件；后来她忽然想起来，一个人最要紧的便是智慧，智慧的人是可以享有一切的；于是她便决定了去走这一条路。决定了这样的一条路之后，她便起了一种新的感觉，她以为把学校里的功课弄得好是应该的，可是只是这样也是平凡的；对于这样一个好学生人家怎么都不会说她是智慧，因为已经不是一个中学里的孩子。像她是要懂得许多高深一些的东西——她还偷偷地想，她要懂得大家所难懂的东西——比方说要懂莎士比亚、叔本华、苏格拉底、但丁。不只是要知道他们的思想，并且要懂得他们的文章和逸事。最好是像批评家一样，在谈到的时候都能够引一点儿出来；而引出来的还要是新奇而有趣一点儿的。比如谈到叔本华的时候，就谈一点儿他的文章如何硬涩，难读，不像尼采的那样潇洒而流利，因此他成名得很晚。并且在叔本华的著作里可以看出一些轻视和憎恶女人的思想。说到苏格拉底的时候，就说他为他的学说做了如何壮烈的牺牲；他如何被希腊诡辩派谗害到牢狱里，如何慷慨悲歌，如何饮了毒酒。要懂得拿破仑，拿破仑是如何成为英雄的；他认识罗曼·罗兰的祖父还跟他交过锋。此外还要知道一些现代的思想，社会跟政治的事情。至少要像这样才会让人想着："她很智慧，她很懂得一些事情！"真是要懂得这些，便得要像她自己所知道的，不但要把学校里的功课弄好，而且要在学校里的功课之外去阅读一些东西了。

因此，她在学校课程表上的功课——那对她实在是容易的——以外，便努力读她的英文，还有第二外国文——法文，这是准备念好了以后好去看书的。其次便去上图书馆。有的时候自己还用她仅有的钱去买一点儿书，或者从她的同学那里借一点儿来，那是她所想要看而图书馆里不曾备置的。这些书呢，就是与"现代思想"有关的。

每一个人，只要他是有过志愿的，在他的一生中总有过一个为着他的事业而努力的时期。不管是谁，只要能把他的某一种努力在某一个限度中继续下去，或者继续到一个相当的时期，这种努力的结果对于他的志愿会给予一个答复，也许就会给予一种成功的保证。竟然也有许多英雄的事业也就是这么做成的。可是，当人们把这种努力刚开了端的时候便搁下来，那，可以说，这种努力一点儿也不会使他改变，努力的结果只是一种悲哀与烦恼，乃至于他会因这种失败的烦恼去诅咒他曾有的志愿。杜菱不是前面的一种人，也不是后面的一种，然而在她自己不曾意识到的时候，她踏进了后面一种危机的边缘。这就是当她坐在石阶上，向着春天，望着碧绿的草坪，手里翻阅着许久不曾见面的，而现在不知由于一种什么力量使她重新拿起来的，这本又厚又大的哲学史的时候发现的。她是许久不曾继续她以往的努力了。

"多好的天气啊，真要好好地念书了！"杜菱翻阅着书，又重复了一遍刚才的思想。

她看着书，努力把注意集中在她眼前的一行一行的东西上；她竭力去想着她所阅读的字句。她一连读下去，在读过将近二十页的时候，她停下来，合上了搁在她膝上的书本；她感觉有一点儿疲乏了。她的确是疲乏了；疲乏的原因不是由于她看了一些书，受了书上的某些问题的烦扰，而是由于她所不愿的，她虽然在看着书本，然而却想着一些并不曾写在书上的事物的魔力。

两个月以来她都是这样的，当她正要开始她的工作，而且已经开始了的时候，她的心里便升起一种移散她的工作目标的骚乱的情绪。在这种情绪中浮荡着一个带着温和的微笑的少年男人的影子，这个影子似乎讥讽地向她说："杜菱，你在恋爱了！"

今天她也跟往常一样：她的确在看着她手里的那个厚大的书

本；她的意志告诉她："你必须要注意这个。"她也听从了她的意志——至少她自己觉着是这么样——书本搁在她的身上，他们不曾分开；然而在她现在的身体而外，另外有一个她自己，当她正在注意她的目前的工作而忘了自己的时候，自己却走到别的地方去了。她去到那样一个对她是又生疏又熟悉的地方；那里，她看见一个她感觉是那样漂亮而潇洒的男人，他像久已在等着她，向她微笑着。这男人便是刚才在课堂上，坐在杜菱旁边的，他叫凌青。

杜菱跟凌青的结识不是由于他们经常的同班而是在一个社会学的讨论会上。除开他的美妙的言谈跟热情的风姿而外，最初使得杜菱爱慕他的，是他在杜菱面前表示，杜菱自己追寻了很久而不曾得到的，破坏旧形式的生活，建立新形式的生活启示的暗力。

他是杜菱所遇见的第一个理想的人，他能用一种正确的解答去批判杜菱所恨恶的那个旧社会。

凌青的影子在最近的日子中一直在杜菱的幻念里，简单地说，她对他在发生着恋爱。不过对于恋爱这个名词，到现在为止，杜菱不曾向自己正式地承认过。这原因是，一方面，她以为现在的生活里，她所要的而应该去追求的东西是知识与真理，不应该有像恋爱一样的名词参加进去。另一方面，她也需要爱情，并且是一种与她所想的真理合在一道的东西；凌青确实向她表示过他对她的爱情，可是她对她眼面前的对象，仿佛在某些地方不是她所想象的那回事，她对这个爱情发生了一种深不可测的感觉。在"深不可测"的面前，人们总是恐怖的；而她终于用了"铤而走险"的姿势，做一种新奇的试探。因此她虽然在行动上有着勇敢的姿势，而心理上对她自己的行动却总加一些否定的言辞。这便是她目前的生活状态。

现在她的意念走到了那样一个境地里：

凌青一上来便向她表示了热情的态度，然后向她说了一些通常地带着一点儿礼貌的言辞。他说话的姿势是那样的温存而潇洒，然后便跟她谈到一些他们相互间的生活，然后便是对于恋爱有关的言论——他是善于辞令、善于辞藻的。

"布尔乔亚的爱情是欺骗的，中产阶级的爱情是幻想的……社会主义的爱情才是真实的。"

"友谊增加到某一种程度便会变为爱情……这是由量变质的。"他思索了一会儿。

"如果我们相信由量变质的定理，我们就能够相信：友谊可以发展为爱情。"他停了一会儿，自信地微笑着，眼睛里闪着光彩，然后又接下去：

"如果我们相信辩证法能用在一切问题上，也能用在爱情上。"他又停了一会儿，好像又在深思一些什么，然后又接下去：

"爱情不是一成不变的……因为世界上没有一件事物是一成不变的。"他带着自信的微笑，又闪着发光的眼睛。

他说话的时候头是那么一耸一耸的——这不是他的缺点，这正是他的翩翩的风度——有的时候肩膀也一耸一耸的。他的话说得相当的多，她从头至尾都听着，并且那样用心地听着，即使不懂的时候也还是一样。他所说的话她大半都听得明白，只有很少的时候她感觉他的言论有一点儿似是而非；然而，即使在这样的时候，她也想着："大概他是对的。"

除开这些与爱情的理论有关的话而外，他还向她说了许多他爱慕她的话，他还说，她很聪明，因此他最爱她，他将永远地爱她。他也希望她对他能像他对她一样。说到这里他便不再说话，她也没有跟他说话——因为当他们两个在一起的时候，她多半都是听他说话——她只用眼睛向他看了一下，心里在说："我想爱情是无边的，也是永久的。你既然说希望我们永远相爱，为什么刚才又说爱情不是一成不变的呢？"

这时从他们自己到他们的四周都没有声息；他们都用一种屏止呼吸的微笑互相答复心里的言语。他们身体靠得很近，互相都听得见呼吸跟心的跳跃的节奏，但是在他们的非常的接近当中有一个相当的距离。这一个距离并非是男人与女人之间，或者是当爱情还没有达到一个最高的结论的男人跟女人之间的一个应有的距离，而是像他们这样的年轻的男人与女人——他是夸张，而她是矜持的——爱情之间必须有的一道藩篱。

太阳从围墙上逝去了它耀眼的光辉。五月的树梢呈现出春天的傍晚的寂寞。忽然之间，几声僧庙里的钟声从宿舍后面的古旧的城墙上传过来；钟声响得清脆而有力，当它响声传到的时候，墙头上的几只野鸟全震飞了起来。这时杜菱已不在她刚才思想所去的那个境地，她还坐在她的房屋外面的石阶上，身上搁着她的书本。院落里已不像刚才那样静寂，坐在草地上看书的女孩子们已不见了，只另外一些女孩子从每个人自己的房间里跑出来，走向晚餐的饭厅里去。她们中有好几个都打杜菱的身边走过去，但是她们都没有呼叫她，好像她们都知道：她的心里正在忙着一件比所有的事都要紧得多的事情。直到宿舍里的女仆来叫她，说是晚餐已经快完了，她才茫然地站起来。

二

女生宿舍是一个奇怪的地方，是在由一座围墙包括的四座房子里；这房子位置在学校的后门外面，在靠近一堆长满着桑树跟柏树的小山岗，跟一片埋藏着许多野坟与乱草的旷地旁边的一个小巷子里。房子与学校的关系，据当时对于校务熟悉一点儿的人说，房子不是学校里建造的——这学校是政府设立的，每年除开从政府取得一定的收支而外，还有一笔江苏省的丰富的津贴，拿着这么多的钱他们绝不会去造这样一所房子——也不是学校里买的，是租来的。至于房子的历史，当时不曾有人谈过，只就它们的外观上讲，一下就使人看出，它们有着在年轻的时候就经过许多主人，并且用过它们大半生的力量去向烈日与风雨斗争过的应有的凋零。至于建筑的姿容，那是跟它们的年纪一样，只成了历史上的一件遗物。

这四座房子间互相的关系是，它们的每一座与别一座之间都有着相当远的距离，在它们的距离中由一个共同的大草坪联系着。除开外面的那条围墙以外，只有看见这个大草坪的人们会觉到，这是一座寄宿舍。

对于这四座房子，学校里的人，为着有一个分辨的观念起见，用东西南北楼的名称做它们的记号；这是根据每座房子的位置的。

北面的房子是四座房子里的一座最老旧的，并且距离宿舍的大门最远，上课的时候大家都得走更长的道路。房子的里面，除开楼上的几间而外，下面都是阴暗而没有地板。杜菱住的便是这座房子里的一间。

这是一个长而窄的房间。房间里有两扇向东跟向北开的窗子。东面的窗子向着宿舍中间的那块草坪；通过草坪可以看见对面那座房子的白色粉墙，窗子的一边有几棵不知名的树。向北的窗子，它的位置很高，窗子上直杠了许多，像监狱中的窗子上一样的，不粗也不细的铁棍子——自然这些铁棍子的意义跟监狱中的不一样，那是怕让人进来——如果房间里的人要从这窗子里观望外面，她的两条腿下面必须加一张椅子，并且，在杠子上面，观望的人也仅仅能够把自己的脸贴在窗子的铁杠子上，每根铁杠子之间的距离是不容许人用一个头去出入的。因此，房间里的人对于这个窗子根本就不曾有过凭而远眺的欲望，窗子外面究竟是些什么，也没有人准确地知道；只是从清早上偶然传进来的几声犁锄的声音，跟冬天的夜里，从窗页缝里侵袭进来的、带点儿泥土跟马粪气味的凄惨的凉风看来，那里是一片寥落的菜地。

住在这房间里的除开杜菱而外还有两个女孩子。一个叫吴沼，她的故乡在湘江西岸，她很有着湘江一带人物的直硬而辛热的秉质。在她的外观上，她却长了一个与她的秉性不相符合的、矮小而看起来缺乏康健的身体；她的深黄色的脸因贫血而失去了光泽，圆小而随时都表示温厚的眼睛里蕴藏着没有期限的忧郁。她是一个化学系里的二年级学生。

另一个是杜菱的同乡，叫江月蓝，是学的土木工程。她的身个高大而结壮；她的脸不秀丽，但是经常带着一种使人们感到愉快的、康健跟智慧赋予的喜悦。她说起话来的音节很慢，当她用着低音的时候，在每个字发出来的开端略微带点儿嘶哑。

她不爱寂静，她说跟一个不爱说话的人在一起就像跟一头牛在一起一样。因此，有的时候，当她房里的别人不说话的时候，她便自己搬出大堆的话来说。她说话的姿势与言语时常都充满着幼稚的傻气；可是有的时候也很严肃，言语中有着正确而真实的意义。不管怎么样，她说的话对于她自己的感情与感觉全是真实的，没有夸张跟虚伪，没有一种对于别人的应付。因此，虽然有时她说的话很多，乃至于在很多的话当中只有很少的重要的内容，听的人可从来不会感到无聊与疲倦，相反地，人家都喜欢听她说话，都觉得她的说话方式很新奇。

她的年纪刚才十八岁。从她绝不修饰的外貌，和对于生活琐事的毫不经心，都显出她是一个不很成熟的而缺乏女性的女孩子。比方，她的头发总是修得异乎寻常的，几乎没有第二个女孩子像她那样的那么短；她的脸上永远不曾用过女人们总要用的那些有香气的东西。她的长而且大的脚上，除开当空中飘着雨点而外，总是一双不知从哪里来的黑土布鞋。至于她的身上，那经常都是套那么一件，囤积了好几天的油垢，失了准确的颜色的土布长衫，长衫上有时还少去一两个纽扣。可是除此以外她也有着另外的特点，她对于她另外一部分生活的处理，乃至于对人生的看法并不像对于她身上一样；她以为人们对于自己每日的生活要不断地向前，对于所做的事要认真并且要好。关于这一点，我们可以用一件很小的事情来看：那就是毫不使人经意，但有的时候会引人特别注意的她的几何学的报告；对于她的报告，几何学的教授总是在一张绘图精细、数字准确、整洁而漂亮的纸上画一个第一等的分数标记。

关于这个，有的时候别人会这样取笑她：

"这张报告不像是你做的呀！像你这样的人，你的报告至多只能有六十分。"

对于这样的玩笑，她便严肃而简洁地回答：

"我自来不预计他们给我画什么分数。我要做那样事，我就那么做。"

因为她说话很有趣，她的外表又是那么显得特别，杜菱刚认识她的时候就觉得对她有一种好的印象，她以为她是一个不可多得的人物。而她呢，她觉得杜菱很用功，在谈话当中好像有着比自己多一些的知识。并且她虽然是一个学习工程的人物，可是在她自己应习的课程以外，她很爱阅读一些，像杜菱经常有的，关于文艺或是哲学一类的书。除此以外，她对杜菱最觉满意的一点便是从某一个时候起，她在杜菱身上发现了一段与她自己正相似的特质，就是杜菱对于自己的言谈，和对于事物的爱恶的表示从来不加装饰；她也喜欢说话，在说话的时候自己觉得很真挚，而在别人看起来，那里却夹着一大阵的傻气。由于这些和双方相互间的爱慕，杜菱与月蓝之间便有了一种被她们自己所尊视的友谊；对于这样一种感觉她们双方都默认着，但是都不说出来。

除开月蓝而外，杜菱对于吴沼也有一种好的印象：她觉得她对于人们有一种宽大的秉质；在她自己的灵魂中像是掩藏着深不可测的忧郁，但是对于别人的喜悦她却从来没有忌妒；她是能够拿着别人的幸运与忧伤当作自己的一部分的一个人物。由于上面的原因，杜菱，她本来是住着别一座房子里的一个比较好些的房间，这学期开始她便搬到这里来。

一个可爱的星期日，从天刚亮天空中就画出一片嫣然的晴朗。

星期日的学校里是特别宁静的；大家都像是要在这天早上补足她们一星期来对自己欠负的睡眠，将近平日上第一课的时候，草地里还只很少几个人来往。尤其是在杜菱的房里，学土木工程与化学的是这学校里最忙的学生，吴沼跟月蓝的功课几乎每星期有六天是忙的，因此，像星期日早上这样平静的休息，对她们好像特别需要。

而在这许多人中，杜菱是一直守着她特殊的习惯，便是无论在怎么样的天气和什么日子，她都是在她所规定的那个时候起来；就是说，她总比别人要起得早一些，因为我们已经知道，她是一个用功的学生。这个星期日的早上，也跟往常一样，当她的房间里，乃至于对面房间里的人都还没有声息，只一个女仆进来扫地的时候，她便已经起床了。

但是，今天——也许今天以前便是这样——当她起来以后，她并不跟往常一样，用她敏捷而带一点儿粗率的手法完成她的妆点，然后坐到她的书桌面前。今天，在做她早上必须做的许多必要的事情以前，第一件事便是打开她书桌上的小抽屉，从抽屉里取出一个小本子，然后站在窗子前面细细地翻阅。她在看她昨天的日记。

她是一向都写日记的。她的日记本子，根据她对事物不是非常细心的习惯，一向都是让她随便搁在什么地方：有的时候夹在她的书桌上的小书夹里，有时压在一堆乱书里；有时，如果她那晚上是坐在床上写的，那便压在她枕头下面。因为在她的房里，每个人都有自己一定的工作与休息的地方，对于这地方是大家各不相犯的；因此，她不曾特别收藏过她的任何东西，也从来不曾收藏过她的日记本子；那是不必要的。

但是从有一天起，她的日记本子有了一个一定放置的地方；这地方跟它从前所在的都不一样，不是书堆里跟枕头下边，是在她刚才把它拿出来的那个小抽屉里。并且当她每天晚上把它搁进去以后，还把那抽屉锁起来。因为从某一天起，她对她的日记本子起了一种特殊的感觉，她总觉得有人在注意她的这一件东西。她从外面回来的时候，总觉着仿佛有人翻动过她的书堆，或者是她的枕头；有的时候她竟会感觉她的日记本子换了地方，或者改换了她原来所放置的样式。除此以外，她还觉着吴沼跟月蓝近来对她的态度有些跟往时不一样：有的时候她们在秘密地说些什么，有的时候在笑。吴沼一向是表现着那么忧郁的，现在也好像喜欢说笑跟打趣；而这些说笑跟打趣全像是避免着她的，因为当她问她们为什么笑跟说什么的时候，她们总不响，或者笑得更厉害，或者也会把她们所说的告诉她，不过，在她看起来，无论如何她们那种谈笑方式对她都不坦白，都有避免着她的样式。月蓝一向都是那么坦白而诚挚的，现在竟也有些改变起来。于是她就预先跟月蓝疏远，下课的时候也不跟她在一道。然后她就自己研究她们那些态度，寻找她们的谈笑与她有关的地方；当这样的时候，她便很快地，从很远的地方想到她的日记——她现在时常会从很远的地方想到她的日记——于是她便下了结论：她们那种样子跟她的日记有关。从这时起她便很小心她的日记簿子，她一点儿也不随便把它放置，她每天都把它搁在一个不是秘密得使人怀疑，也不是公开得使人一看就看见的地方。然后她又注意她们谈笑的方式跟看她的眼光。虽然实际上她们对她的态度完全跟平常一样，她们的谈笑与她毫无关系，乃至于根本就不知道她在日记里所写的，跟她每天为某一件事在写日记的这回事。可是她自己总觉得她的日记本子搁得不对；最后她想出一个最好的办法，就是把它锁起来。因此她今天是从她的书桌抽屉里取出她的日记本子的。

　　杜菱读完了那页日记又把本子翻到第一页，那里，在那页纸的一个角落上，有一张一寸大的半身照片，照片的四个角上都有小红框子粘着，这是按照相片簿子上的粘贴方法。相片上面有用墨水笔笺下的横写的文字的字迹，相片的面积很小，字又是笺在人物的身上，因此所笺下的几个详细的字是什么我们看不明白，只是可以揣测到那几个字是"亲爱的朋友"这一类的意思。这照片是上星期凌青送给她的。杜菱看着她的日记本子，又回头去看了睡在床上的两个人。吴沼像是没有醒来，只是把她原来向着墙壁的身体翻向到外面。月蓝的床是与杜菱的相连着的，刚从她的梦中睁开眼睛。杜菱装作并非在看她们，把她的眼睛转落到自己的床上，像是寻找什么东西的样子，然后很快地转过她的头来，嘴角上泛着困倦而疑惧的微笑。这时，早上的太阳已经通过一排树枝斜射到她那向东的窗子上，把悬在窗口的一面飘荡的镜子反射得发光，杜菱忽然想到她还不曾洗脸跟梳理她的头发，这才把她的日记本子轻轻地搁在抽屉里去。

　　杜菱洗过脸，取下窗子旁边的那面镜子，把它搁在书桌上，然后梳理她的头发。对于她的头发她近来有一个感觉，她觉得她的头发的样式总是梳得不好，跟她脸上的轮廓不相配合——简直就是不好看。她很愿意她的头发梳得好看，但是她没有像别的会给自己打扮的那些女孩子那样的精巧的手法；对于这个好像她天生就是屈笨的——她用了许多方式去试验，结果总是无法处理。于是她便换了一种感觉：头发还是让它自然一些的好，长成什么样子就让它是什么样子。她想得很坚决，绝不要在她的头发上弄出什么花样；只是在早上梳理的时候用一把火酒烧的钳子略微烫几下。她梳好头发，整顿了脸上的许多部分，在镜子里又把面部细检查了一番，然后从桌上的一堆乱书里翻出一面小镜子，把这小镜子反过去，照了一下头发的后部，用吊起来的嘴角微笑了一下："对了！"

太阳已经爬得很高，窗外的一排碧绿的树枝不知从什么地方把它的影子移到远远的对面的褪了色的粉墙上。同房间的人都起来了。杜菱开始想着她的工作。

在她开始工作以前她须得把她散乱的书桌整理一番，她有好几天不曾整理它了。她开始整理她的书桌。然后，她要工作了；她是有大堆的工作的，在她工作以前她必须决定先做哪一件——她原来是有一定的工作程序的，礼拜天也在内。而这种程序，从好些日子以来已经被打破了——于是她决定先读英文，她昨天从图书馆里才借了一本莎士比亚的《仲夏夜之梦》，是预期要还的。当她最初学习英文的时候，她就有过一个志愿，她要能够阅读古典作品，而到现在为止她并不曾读过一本，因此读《仲夏夜之梦》对她是一件繁重的也是必须认真的事情。

她的工作开端决定了。可是她当时又起了一个感觉，她觉得她还须另外先做一件什么。对这件事情她却寻不出一个具体的目标。事实上她知道她想做什么，她知道她的感觉，正如我们现在都知道她当时的感觉，与许多年轻的人们都知道自己的感觉一样。不过她当时决不肯把她所想的事告诉别人，乃至于不肯向自己承认。她勇于做她所要做的一切事情，可是在一切事情当中的某几件事她却不肯用她自己主动的力量，因为她想着这会要损害她的一种她所有的矜持；对于这种矜持她不但要在别人面前保持，并且还须向她自己保持的。这样一来她对自己所想的跟要做的某些事情，总是在想过之后便立刻向自己讥讽地否认掉。简单地说，今天早上她根本就不曾有过看书的打算，她是从起来以后就在期待着一个跟凌青的约会的。只是在她期待她的约会的过程中她感觉时间太长，她便想出一个度过这个长时间的临时计划，而对于这个计划的实现在她倒并不是一种必要的事情。

杜菱的约会时间是早上十点钟，现在已经是十点过五分了，门房的人还不曾给她送会客单子进来。她仔细地看了一下她的表，她想她的表也许快了——她的表时常是快的，不过今天是不快也不慢，因为她昨天晚上把它对得很准——她又走到吴沼的桌子那边，看了一下她桌上的小钟，她的钟跟她的表一样，她知道她的表并不快。

这时吴沼与江月蓝都上外面去了；一个是上操场去拍网球，那一个却没有人知道她去的地方。房间里只剩了杜菱一个。本来杜菱是爱好一个人待在一间屋子里的，这并非是她爱好孤独，因为她总是有许多事情要做，也有许多事情要想，一个人的时候是更自由一些。然而今天却不是这样，她对于一个人的时候不觉得自由，倒觉得空虚得可怕，可怕的是万一她所有的期待使她失望了的话，没有人援救她。她手上的表又走了十分钟，她的思索也跟着那只小表的机器在旋转。她觉着人们的期待中会有灾难，正像平静的海面上会有暴风！杜菱不想再待在房里，她需要到草坪上去吸一点儿好的空气；她便走到外面，把她的身体站得笔挺，望着草坪。草坪上显得比往日特别寂静，几乎没有人的影子。门房里的人不但不进来送消息给她，并且也绝不进来呼唤别人。一切都是寂静的，只有树枝上的一两只小鸟，偶然间由于它们自己知道的原因在惊动着，从一个树枝上飞到别一个枝上去。

杜菱站了一下子，对于空旷的草地到无穷的缱绻，她想到对面的一座房子里去，找她的两个同班生。门房里的一个老头子进来了，手上拿了一张会客单，一直向她的房间走来。

"有人来吗？"杜菱问，她带着惊动的声音。她的心里对这老头子起了一种特殊的好感。

"对了，请会客。你们房里的吴小姐在吗？"

"吴小姐？出去了。你听错了啊！"

"怎么会错啊，小姐，客人自己写的。请你看啊！"原来弯着背的老头子现在似乎把他的背更弯了一些，把一张会客单子谦恭地递给杜菱，随即很快地转过身去，毫不经意地出去了。

杜菱拿着这张纸条，仔细地看了一番，上面用着对她是生疏的笔迹写着一个她不知道的访客的名字。这张纸条与她毫无关系，然而在毫无关系当中仿佛带了一些对于她的冷淡和讥讽。

这时杜菱不愿意想什么。熏风轻掠在草面上，送过一种使人困扰的气息。她还是继续着刚才的打算，去找她的同学。

杜菱来到她们房里，两个主人全不在，只一个生疏的女孩子坐在她们的一张书桌跟前，在写一张纸条。

"你也来看她们吗？都出去了，我正要给她们留条子。……你预备在这儿等一会儿吗？"这女孩子好像跟杜菱很熟悉，一见她就尖声尖气地说了一串。并且当她在跟杜菱说话的当中，把正在挥写着的一支笔杆搁下来，这表示了这么一种意思：如果杜菱预备在那里等她们的话，她也愿意等下去，条子就不写了。

"等她们？几时回来呀！"杜菱说，困惑而烦扰地。

听见那女孩子说话，杜菱认出那是她那两个同学的常来的客人，是附近的一个女子中学里的学生。杜菱在她们房里曾见过她两次。

这女孩子的样子长得很俏皮；两只眼梢很长，而且吊得高高的。好像因为知道自己长得很俏，她说话的时候总是把声音装得很尖。杜菱最讨厌装出尖声音说话的女人，她说遇见这种场合，她全身的毛都会竖起来，因此她在每次看见她的时候，都有一种逃走的念头。

杜菱说过上面的话立刻想走，那女孩子却把满涂着唇膏的嘴张开，很有还要说话的意思。杜菱望着她的嘴，头顶感觉着热烘烘的，仿佛在暑天的太阳里戴了一顶毡帽子。她想她在这房里立刻会遇见一种可怕的纠纷，于是把眼珠向上转了一下，把眉毛皱起来，说：

"哦，事情真糟！"

她说完话，不等对方的发言便走到门跟前：

"对不起，我不等了！"

杜菱走出来，觉得心上轻松了一下，然而立刻又沉重起来。她现在是无事可做了；回到自己房里，她感到那里的气候对她不合，再去找别人，也许她们不像她需要她们一样地需要她。最后她决定了，还是回到自己的房间去。

这时她的表已经十点半过了。太阳把草坪上的青草晒得发光，像一铺绿色的地毡。从高起来的另外一堆野草上，发出一种掺杂而寂寞的芬芳的气息，这种气息可以把人们从兴奋引到疲乏中去。

杜菱回来了。她刚走到她房间的外面，看见月蓝站在石阶上——她是刚才回来的——月蓝看见杜菱，很快地从石阶上下来，张开大嘴，露出稀疏的、从来都是表现着嬉笑的雪白的牙

194

齿，用那略微带点儿沙哑而和悦的声调说：

"快出去，杜菱。有人在等候你呢！等了你多久了！"

她的样子是要很快地把话告诉杜菱，但是她说得很慢。每个句子当中都有一个相当的停顿。

"哦，小鬼！"杜菱听完月蓝的话，沉默了一小会儿，忽然，像是一道泉水碰在碎石上一样，从她嘴里飞出这几个字来。她的眼睛发着光，脸上显出一种人们对于一件新奇而又是平常事件所发的微笑。

这是杜菱对于生活态度的一个特质：对于任何事体，她总以时间做她自己最大的控制力。比方说，在她自己本身，她没有在敲上课钟以后去过课室。至于她对人们的约会——她的约会是很少的，但有的时候也会有——她很少在约会时间过了以后才到场。她说不守时刻对于自己跟对于别人都是一种损失。同时她是一个没有耐心的，她不能把一件事情延迟到超过应该做的时间再去做。因此她对于别人也一样，她要别人对她也跟她自己一样地遵守时刻。但是中国的青年中还有着很多是因袭着旧时的习惯，把钟点只看成是一个较长的时间中的大概的标准。比方有人请你十二点钟去赴宴，你尽可以一点半去。因为虽然主人的请帖上明明写着十二点，而大概的时间却是从十二点到两点。除开会餐而外，这样的时间观念也普遍地被人采用着。对于这样一种人物，杜菱时常会采用一种报复的方式，即是遇见这样的场合，如果是不必拘于一种礼节的时候，她便在约会的时间过了几分钟以后自己先走开，不管这种约会是在她家里或是在外面。

凌青是一向反对着这样一种时间观念的，不过今天他却为了某种原因也犯了这样的习惯。因此杜菱在十点过了几分就没有预备等他，而且以为他是不会来的。也许她的心里在等他，但是只有她自己知道的那一种力量把她指使了出去。现在听见了月蓝的话，又不知为了什么，自己觉得可笑起来。

月蓝没有明白杜菱的言语，不知道她刚才所发的那句惊叹语是什么意思，是指的别人或者她自己——她知道她自己说话太慢。如果让她去说一个故事，或者向着广众去演讲，她这种方式是适当的。如果去报告一件对方急于要知道，并且发生兴趣的事，那么人家听完她的话之后，往往会拿一种怨恨掺杂在对她的感谢里——她正慢慢地又张开她的纯朴的嘴唇，要再向她说一点儿什么的时候，杜菱已经翩然地出去了。

靠近女生寄宿舍的大门，从门房走进来一点儿，有两间相对的小房间，这是宿舍里的会客室。

在两间会客室中的一间，里面布置得朴质而简洁，四面是雪白的粉墙，在一面墙上挂了两块不大也不小的杭产的西湖织锦。另外一面墙上挂了一块法国某画家的油画，画上有一个女皇跟一条蛇，像是希腊神话中的故事；还有一张达·芬奇的《神秘的微笑》。

房中间有一张长方桌子，桌子上铺了一块白布，白布上放置了一瓶淡黄色的玫瑰花。四面的墙壁旁边搁了几张大小掺杂的藤椅子跟沙发。一张长沙发上坐了一个女孩子，像是本校的女学生，跟一个穿着长衫戴着眼镜的中年男人。凌青坐在他们对面的一张沙发上；他穿着蓝呢的西装上身、白色的裤子，闪耀在黄色脸上的眼睛，显示出和蔼而傲然的神采。

三

凌青坐下去又站起来，走到窗子面前，望着窗外的景色。他很想看一下钟表，他对于近午的天光发生着惆怅。

他自己的手上没有表，他是从来不戴表的，原因是他对于什么都有一种特殊的自信，对于时间也是一样；他以为在他的内身随时都带有一种时间的标准。的确，也许是蒙了上天之赐，他虽然不用表，对于许多按时要做的事情，他却很少迟误过。今天呢，却与他的自信不一样了。他到女生宿舍一共来了两次，第一次的时间比约定的早了半个钟点，当时门房的人又到别处去了，没有人替他送会客单。他想着，老早坐到女学生的会客室里，对于他仿佛是一种不体面。他是这学校里的一个最优等的学生，优等的学生是随时都要顾全体面的。同时他想着他今早上还不曾好好地呼吸过一点儿好的空气，现在他该利用这时间到外面去做一点儿好的呼吸。想过之后，他便到宿舍外边山下面的树丛里去，在那里循环了一会儿。现在他是第二次来到女生寄宿舍里。

凌青踌躇了一会儿，杜菱还没有出来，他觉着他现在有知道时间的必要。会客室外面的墙上有一个大钟，但是从他第一次来到现在为止，它的短针都是指在七点上。他于是想起坐在他对面的两个人中总有一个是有表的。他思索着，用眼睛向他们轻轻地投了一个扫射。那女孩子长得并不十分动人，但却是非常害羞，当凌青刚把他的眼光送到她面前去的时候，她的脸便像杨梅似的红起来。这自然阻止了他要向她说话的念头。凌青便下了决心去问那个男人，也许他可以答复他关于时间的疑问。他的眼光向那边投了第二次。这一次仅仅是看了一下那个男人。天知道，他这一次的收获是：在他并未看清楚那个男人的面目之前，先在他的右耳旁边看见了一个跟核桃一样大，跟他的脸一样圆的肉瘤，肉瘤上面长了一些黑而发亮的、长短不齐的胡须，同时还念着像一大堆蚊子一样的声音，跟那女孩子在谈着一长串的苏州话。这样的一个印象不但把凌青想向他问表的念头消灭了，并且使他简直不想再坐在这间小房里。他的情绪蹒跚了起来。

这时外面有一大阵人走过，在许多混杂的步法中显出一种特殊的单纯的声音，凌青听得出这就是杜菱。

隔了一张桌子，杜菱跟凌青在会客室里对面坐下。他们都好像有很多的话要说，但是终于没有说什么。

"我们现在去做什么呢？"在他们互相沉默了以后，凌青开始说。他的脸上显着不安和困扰。

"不去拍网球吗？"杜菱是带着明朗而热烈的情绪说出来的。现在看见凌青那种说话的姿势，她自己的心里也即刻变得困惑起来。

"拍网球？你为什么现在才出来呀，不太晚了吗？"凌青说。他用一只手摸着领带，迅敏地微笑着，但是微笑中带着一些看不出的怨愤。

"你的意思是说现在太迟了，而且是由于我的原因？好，那么就不去。我今天也不想去拍网球，不过如果我不想去我就说我不想去，我可不要别人负责啊！"杜菱说。她表现着一种掺和在愉悦中的恼怒。

在他们两个见面的当中，起初或是末了，总会发生一些在别人看起来是很可笑的争端，这是他们的习惯。争端的来源是，在凌青这方面，随时跟对于任何事情，他都有一种难以被人克服的自傲：他心里想着是怎么样一回事，他就得那么说，并且得那么去做。做了之后，要别人说："这是对的！"也有的时候，他说出或者做一件事，纵然在他说或者做的当时有一种他的潜在的智慧告诉他："这是错误的。"可是"这是错误的"这表示如果搁在别人嘴里，那他必须用一种长于世故的口气去向人解释，解释的结果，必定使别人肯让自己站在错误的一边为止。这是他所常有的一种情形，至于别种情形，那便是他发现他自己的错误是在他行为了以后；最多的是，根本他就不喜欢用一种像"考虑"一类的麻烦去麻烦他的轻而易举的——也可以说是伶俐与敏捷的——言语与行为。在这样的一种心理状态里，别人对他的指示自然是毫无必要的。因此，竟有大多的时候，对于别人加给他的，在他看来像是批判一类的言辞，他只用一种隐讳的怨怒去代替自己的答辩。

至于杜菱那面，她认为人是要直率的，人们不应该说一种自己不想说的话，也不能够把自己要说的话故意隐藏起来。也许有这样的人，那便是卑鄙和阴险的，这种家伙对于她是一种可怕的动物。她虽然是这么想，而她并非是把它看成一种原则；她对她自己的生活向来不曾想到过有一种原则，只是当她想到了一件事，她认为是可以的，她就去做，在做以前她是不加考虑的。

把她这样一种想法跟凌青的心理状态搁在一起，在没有人想到的时候，在他们那烟雾一样的爱情里竟起了一种相抵的作用。这便是他们之间的纠纷的潜在的开端。像这样一类的例子，我们随时可以在他们身边寻找出来。像今天的这件事便是一个眼前的例证：

头一天他们见面的时候，凌青的确是约好杜菱去拍网球的——在这里且向读者加一点说明：拍网球这件事他本来并不很喜欢，原因是那学校里当时有一种拍网球的风气，就是原来顶静板的学生，只要到那学校去了半年，自己的房里便悬挂起一把网球拍子。这便引出了凌青的一个想头：大家喜欢的事不必自己也要去做；这是他不喜欢拍网球的一个原因。还有一个原因是坦白一点儿说，他从来都没有一种做体力运动的才分。不管是哪一种运动场，只要他一上去，不但会失去他平日所有的那种风格的潇洒，他那一种活动的样子，简直会让人像看一匹大牛拉车子一样的费劲。他是聪明的，虽然从来没有人批评过他运动的姿势，但他自己很知道这点，于是在好几次对于网球场的怅惘与慨叹以后，他便明白地向人宣布，说他一点儿也不喜欢网球。情形虽然是如此，然而，从很久以来他还是保持着这样一个观念：跟女孩子在一起必须要会拍网球，要不然就不容易跟她们在一起。因此当杜菱第一次看见他，向他表示她喜欢网球的时候，他也向她做了同样的表示。这就是说，在杜菱面前他是一个喜欢拍网球的——但这是昨天的事，今天一大早他的主张变了——他不知道为什么变了，总之这样的情形是他常有的——他不想去拍网球，可是也决不想由他自己去取消他原来的主张，于是他就用了刚才那种方法，让杜菱替他把他的意思表示出来。

杜菱很懂得他的意思，但是她想："你不想去你可以明白地说，为什么要用这种方式。我可不喜欢这种方式的啊！"她很想这样告诉凌青说，但是同时又想着，"也许他真是认为时候太迟了。"他自己来晚了却叫她负责，这在她的感情上不免是一件不能原恕的事。不管怎样她以为他今天的态度在她面前是不能通融的。她想说一句很好的话，表示自己的正确，但是要装作毫不生气。她要用一种一点儿也不生气的方法去指出他的错误。她立刻想出许多话来。她想到的话太多了，好像有一大堆蜜蜂在蜂窝子里奔出来，母蜂不见了，它们在空中乱绕一阵，然后奔到她的脑子里去一样。因为要说的话太多，她不知道选择哪一句，于是就不加选择了。

在刚才那样一种对话之后，隔了一个相当的时期，他们互相都没有言语，在不言语的静默中他们开始着一个小小的争执。

然而，他们争执的时间是很短的。

现在，另一个客人已经不见了，会客室里只剩了凌青跟杜菱两个。

风从窗外送进一阵青草的气息，跟接近中午的和暖。这些给了人们一种自然的安慰与诱惑。杜菱已经忘记了刚才的事，她在打点着如何消遣这个下午，要把她战斗的青春装置在这个难得的春天的星期日里。

她想得很远，她的思想像是长着活跃的翅膀，在她自己不曾意识到的时候已经奔跑到很远的空中。她重新打点了今天下午要做的一件事；她要把她想的向她的同伴说出来，但是她的话还未开始的时候，凌青突然把他向着窗子的脸转向她，深长地叹了一口气，仿佛在这口气里带出许多悠长的怨恼。对着这样的景况杜菱感觉得想笑出来，原因是对方的情绪与她所感觉的不一致，这种抵触对她发生了一种幽默的意味。她对于人们所遭遇的事，在她的意念上分为两个范畴，一种是能用言语表示出来的，另一种是不能用言语表示的。保存在心里的事便不能用言语表示，这就是一种不被人了解的苦闷或者是别人的隐衷。如果是能用言语去表示的，那么在表示出来之后，事情便已不在她的心上，这便是人与人之间的纷争和意气一类的事。她刚才与凌青所发生的是在她的范畴中属于第二种的。因此在她用气念的言语表示出她的情绪之后，那件事情已经不在她的心上。她的心早已是轻松而明朗的，和不曾有过什么事情一样。然而现在在她的意料之外对方忽然显出这样一种严肃的紧张，这对她简直是一种与她自己情绪的抵触和可笑的不调和。然而为着顾全对方的尊严，她终于没有笑出来，她只好重新把她的脸沉默起来，把想要说的话收了回去。

凌青望着杜菱，脸上表示着一种愤慨的降服。

"我是你的奴隶！"他继续着刚才那感愤的情调。

"多么漂亮的话呀！"杜菱说。她的两只膀子靠在桌子上，脸搁在两只手里。她还是想笑，但还是忍耐着。

"我从来不会说漂亮的话。我所说的话全是根据事实。如果我会说漂亮的话，那可，那可多好啊，比理想的还要好！"

"你越说我越不明白。"

"你不明白？那么我告诉你，就算我向你屈服。不过时间晚了是事实。"凌青仿佛也觉着他自己有点儿可笑，他站起来，走到杜菱面前。

"什么叫'就算'屈服？谁也不该向谁屈服，但是大家都得公正，要向公正屈服。"

在这种情形中，他们好像都还有许多话要说，但是会客室里的人越来越多，旧的客人刚走，新的接着就来，这对他们之间的谈话成了一种阻碍。

同时，他们本来可以一同出去午餐，继续他们之间的谈话，他们的纠纷也许会拉得更深，也许立刻就和好。但是凌青今天中午必须在宿舍里等他父亲的电话，于是他们两个做了一个临时的决定：现在凌青回去，下午再来找杜菱，然后上台城去，然后再去后湖。在决定之后他们便分开了。

下午，刚过了午餐时候，月蓝觉得身体很疲乏，需要说一些兴奋的事情去打消她的睡意，因为在晚上还要预备她的课程。她便跑到杜菱这边来，向她谈着一件幽默的恋爱案情。这案情是一年前的时候在本校里发生的。是一个化学系的二年级男学生，爱上了一个与他同系的四年级的女学生。那个女学生在要毕业的时候跟一个助教宣布了婚约，于是她那原先的情人便去喝煤油自杀；但是在喝了煤油之后又偷偷地叫人把他送进医院去。她们的谈话刚结束到这里，院子里出现了一种沙哑的老头子的声音：

"杜小姐，听电话！"这是门房的老用人。

杜菱的脸上立刻泛起了红色，心急速地跳起来，这是她很久以来第一次的心跳。为着怕月蓝窥出她心里的事情，她装作比平时更平静的态度走出去。

杜菱接了听筒，她知道电话并非是她所猜想的凌青打来的，是从姨母那里来的。她的姨母很少给她打电话，因为她每星期至少要去一次，有的时候两次。今天是特殊的原因，她的外祖母病了。外祖母没有严重的病，只是一种流行性感冒，但是姨母说希望她今天去一次。

杜菱还没有回答，凌青已经站在外面。杜菱便告诉姨母，她今晚上到她家里去住，把电话作了结束。

杜菱跟凌青出了寄宿舍，按照刚才的计划，走向台城去。

一路上他们都没有言语。假如他们之间有一个人想着一点儿什么的时候，便用微笑去向那一个人做他们心的表示，另一方也用微笑去作答复，表示他的了解。每个人都控握住自己的一种特有的心情。

到了台城，他们作了一个很短的巡视，然后在一段满盖着青草的斜坡上找了一块石头，凌青从他的衣袋里拿出一块雪白的手帕，铺盖了石块，杜菱坐在石块上，凌青坐在她旁边的青草上边。白云遮了他们的头顶，阳光在他们背后闪耀着闲逸的光辉。

"天气多么好啊！"凌青说。这时他们的身后送过来一阵清凉的风，风中带着一阵迷人的香水的气息，这种香水气息仿佛是从凌青的领带上散发出来的。

"我愿意永远有这样的天气。"杜菱说。凌青用他发亮的眼睛向她投了一瞥，从他雪白的牙齿上闪出矜骄的微笑来。

不知是觉着自己的话说得不适当，还是因为凌青的对于她是那样有力的眼光，杜菱刚把那一句话说了，觉得自己的脸上立刻跟太阳一样地热起来，心像被石子打着一样的跳动。

"是的，我跟你一样，我愿意一年四季都像今天这样。"凌青转动着眼睛，脸上浮现着跟他的言语声调配合成一致的柔和的光彩。

杜菱想说一点儿什么去掩饰她刚才那种纷乱的情绪，但是找不出适当的言语。于是她希望对方能说一点儿什么来帮助她。

"杜菱，我觉得我们好几次在一起都糟蹋了辰光，一点儿也没有谈过我们本身的事情。"凌青放着极低微的声音说。他握住杜菱的手，他的手心在发烫。

听了他的话，杜菱的情绪更加纷乱起来。但是现在的纷乱不像刚才那样缥缈，在纷乱中仿佛充实了一些，好像有了一个重心。她不觉着她的感情是在围困中纷乱着，她倒希望纷乱的本身会有一个结论。但是，去处理她目前的感情是一件困难的事：她明知道此刻在她面前有着一个东西，这东西对她有一种诱惑而不可捉摸的力量，那便是她一直在幻想着的爱情。并且那种东西在她面前立刻就会像在放大镜里一样变得很大，比以往的都大，并且都有力；但是她不知道她自己应该或是能够用多少力量去容受它。她的全身都像电器一样地在发热，通过她的心到她的脸上。她没有说话，但是听见自己的声音在颤抖。

"怎么样，为什么不说话，你不想跟我谈这样的事吗？"凌青的一只臂膀靠在杜菱的肩上。他仰望着她，脸上显出一丝埋藏着的幽抑的情调。

杜菱立刻想告诉他："跟你谈什么我都愿意！我愿意把我的眼珠跟你的混合在一起，把我的灵魂藏在你的灵魂里边，把我的心装在你的脑子里。"但是她一句也没有照她心里所想的说出来，她只说了一句假装不懂凌青的意思的话：

"你说的，我不懂！"

"是真的不懂？那你就不是在相信我！不过我总相信你是懂得的。"

杜菱没有说话，用眼睛答复了他。他握住她的手，她感觉他的手有一种像电一样的吸力。

"你说我们的关系应该怎么样，我们要使我们的爱情怎么样发展下去？"

"让它自自然然地，下去。我们要保护它，要使它纯洁、神圣，不受任何损伤。"杜菱说，把她望着的发亮的眼睛垂落在青草上。

"你说的'纯洁'跟'神圣'是不是精神恋爱的意思？"凌青疑惑而带一点儿测验式地问她。

"那不一定，这不是爱情的主要问题！自然，精神恋爱也是一种爱情，但是如果不喜欢的话也可以不要这样。这要看我们的生活来决定。"

凌青听见杜菱的话觉得有一些惊异。虽然她说的话有点儿近于观念论，并且在立论的本身也是似是而非；但无论如何，她的言论并非像他自来对于一个女性所测料的那样无知和浅幼。她所说的话不是一种毫无机构的空谈，她的确在她可能接触到的生活环境跟她自身的处境里创寻了一种理论的根据。

"那么你所说的'神圣'是怎么样的意思？"凌青机敏地含着笑。

"也许这两个字照这样用法有点儿不很适当。不过我以为不管是一件什么东西，大凡是美的总是崇高的，大凡是崇高的总是神圣的。如果我们需要一种美的爱情，那么，这种爱情就是神圣的。"

凌青暂时没有说话，用牙齿咬着嘴唇，眼珠不断地向空中转着圈子，在转动的眼睛里浮露着世故的、因惯于使用而轻捷的微笑，然后用一种附设在这种微笑里的同样轻捷的语调说：

"不错，我同意你！"

他们之间又静默起来。他们的四周也是静寂的，静得好像听得见树木在生长，太阳在移动，云在空中飘扬。在这样的境地里，人们都觉得没有言语更能了解自己跟对方，更能体验出横在自己胸中的繁复的情绪。

正在这样的时候，他们背后来了一阵粗大的呼喊的声音：

"凌青，凌青！"随着这声音走过一个人来，一个体格健壮、穿着一身武装的、快到三十岁的男人。凌青惊奇地站起来，含着笑，跟他握了手，然后告诉杜菱说，这是他的一个老朋友。他刚从他的家乡出来，但是在出来之前，一点儿也没有通知过他。说过之后便开始去跟那个人谈话。立刻，周围的气候转变了！

杜菱仍然坐在石块上。他们两个站在她的旁边，热烈地谈着他们的家乡话。他们说话是那样快，而且那样长。特别是那个穿武装的人，听他说话好像在静寂的夜里听见泉水从高山上涌下来一样。

他们尽着各人的兴致谈他们所愿意谈的，乃至于不愿意谈而只是附和着对方的。他们又从自己本身谈到他们的朋友，谈到死去的朋友，谈到死去的朋友的妻子和遗产。随后两个人全拍着手，赞扬着那些做了官、有了钱的人。说那样的人才是聪明的。他们也谈国家大事，但是从国家大事立刻就扯到一个会嫖男妓的胖子身上。在谈话的当中，那个穿武装的人还说女人是顶会惹祸的，如果将来他有了政权，他便下令把所有的女人都关在家里。

他们的方言杜菱所能够听懂的不多，但是从他们在谈话中的脸上的情调，她知道他们大概在说些什么。在他们两个谈话者中间，杜菱注意着那个陌生的人，但是更注意着跟一个陌生的人在谈话的凌青。她感觉凌青在跟别人谈话的时候用了跟自己谈话的时候完全不同的姿态。除此之外，观点跟语气也是不同的，就连他对人生的看法跟对社会的思想跟他平时的都是两样。拿着他现在的谈话跟他平时对她自己所谈的相比，简直是出于两个不同的人物。在这种状态里，虽然杜菱立刻会明白，平日对她自己所谈的那些是代表凌青自己所想的东西，现在他所说的都是随着对方的意思，是在一个要使他说某一种话的人面前必须要说的话，但是凌青这种善于变换的方式，并且即使在说着一大堆跟自己所想

207

的完全不相同的东西，而别人看起来竟会相信那就是他自己的真正的意见，这些却引起了杜菱一种怀疑的惊奇。这种惊奇，正像一个没有航行经验的人，对于一个会把舵的人能够支配海浪的惊奇一样。

"对不起！我们别离得太久了，所以一见面便说了这一大堆无聊的话。我想你一定听得厌腻了！"穿武装的人用他粗大的手指从摊在草地上的烟盒里拿起一根烟卷，把它搁到嘴上，对着打火机急忙地抽了一口，然后用一种不经意的抱歉的神情对杜菱这么说。但是说了之后即刻又把脸转向凌青，接着刚才的自己的话。

"是的，你的话一点儿也不错，你们说的话真多呀。"杜菱在心里对他说，"你既然知道有人讨厌，何必要说个没有尽止呢！"她想她是第一次跟他见面，不能把她心里要说的话向他表明，她感觉着一种受着禁锢的苦闷。但是她自己立刻又下了解释："人不是都有说话的自由吗？他既不是在向我说话，我又有什么权利去表示憎恶呢？如果我不喜欢听的话，我就该自行退避。"

杜菱看过了手上的表，望着凌青说："我想走，我还要去做一点儿事情！"

"对不起，我扰乱了你们。我现在就走，我也有一点儿事情。"穿武装的人说，他又吸了一口烟。但是说了这几句之后，他仍然转过脸去，仍然继续了他自己的滔滔不绝的谈话。

"我想我们可以一块儿走，另外去找一个地方。"凌青说。然后他又望着杜菱，加添了一句：

"你听得一点儿也不感兴趣？"他的语调与神情都是那样轻易而简单，像是一点儿也没有了解杜菱的感觉。

"因为我听不懂！"杜菱说，她的语调很温和，但是脸上显露了一种不能忍耐的厌恶。于是她自己站起来，不等待他们向她说出正在准备的言辞，就望着凌青说：

"你不是知道我要去我的姨母家里吗？"然后她用一种含笑的姿势，慨然地向他们道了辞别。

离开了他们，杜菱自己回到宿舍里来。

回来之后，由于疲乏和太多的兴奋——一种愉悦和恼恶所交织成的兴奋——她觉着无以处理她自己。她的紧张与繁复的情绪不能因离开他们而安稳，反倒像决了口的黄河，向着她身心的两岸急流地泛滥起来。她想找一块清静的地方，安放下她的疲乏的身体，又想找一个能够了解她意境的人，倾吐一番她那泛滥着的感情。但是结果她一样也做不到，她不能停放下她的血液需要循环的身体，也没有去公布堆积在她心里的那些暗景的勇气。于是她只好希望眼前能够来到一件极平凡的事情，从这件事情上可以让她那些沉重而横乱的负荷暂时轻卸一番。她希望有一个人给她说一个轻松的神话一样的故事，或者告诉她一件动听的新闻，或者，乃至于随便有一个什么人在她面前，随便跟她聊一点儿什么。但是，这是一个礼拜天的下午，绝不会有一个同学来访她，就连吴沼跟月蓝也不在房里。至于对面的房间呢，除开门上有一把带着妖魔气息的闪亮的铜锁以外什么也没有。于是她只好一点儿也不休息，整理了两本明天需要的书和笔记，到姨母的家里去。

四

姨母有一幢纯粹中国式的古旧的房子。也像许多中国式的房子一样，房子的大门外面有一带灰色砖块砌成的高墙，庄严得像庙宇一样的大门上，安着两扇有着铜环的黑漆门扇。从这一所灰色的高墙和两个曾经在太阳下面闪着金光而现在暗淡了的铜环上，人们会想到远古的朝代，帝王和圣贤的遗迹；想到重门中的礼教，和深锁在这一对曾经发着光彩的铜环大门中的香闺韵事和冠带文章。然而许多事都正像这一对铜环一样，曾经，在它的时期，为着房屋的形式和宅主的需要，它曾在威严的守门人的看护之下，不断地闪过它少年而傲慢的光辉；现在，它所依在的房屋已经离开了时代，房子的主人也没有威力使它在病老的守门人的看护之下继续发光，就由闪着亮光而变为凄凉的了。

从大门走进去，那里有一个小天井，天井的地面是用长方形的石块铺成的，再往里面走，就是另一道门，经过这道门就是有着红漆柱子的大厅。这个大厅在以往，在它的时代，是为着停歇轿子而构设的，而现在，由于朝代的变更，它也失去了它的效果，除开有人从那里走过，对于人们的步履和咳嗽的声音发出一点儿回声而外，平时都阴暗而寂寞地空洞着。

经过大厅，里面有一个用碎石布满了的大院落。院落的两旁，在寂寞的暮春和初夏的日子里可以看见一些勿忘草跟带着红色的野蔷薇。

就在这个院落里面，有一排向南坐落的三间联房，这就是杜菱姨母的所在。姨母住在左面的一间，右面的一间是外祖母住的。

杜菱虽然常常来到这里——这是她几乎每逢星期日与休假日必然来到的地方——但是当她每次来到的时候，总有一大堆童年时候的记忆呼唤着她。这里，在她的童年，她的父母还存在的时候，她曾跟随她的外祖母来到过，并且住过两年。当时她的外祖母虽然踏进了衰老的时期，但是她还有一种暮年的健壮，她的脸上常常显露着一种能够安慰的愉悦。姨母虽然习成了一种少年时代就有的被眼泪滴成的法规，用酒去洗涤那潜藏在她胸中的难言的苦闷，但是在她的酒杯里还有一点儿春天的气息，人们还可以从她的眼睛里看见一点儿太阳的光彩。她有很多的时候是快活的。

她还记得那时候姨母有一个儿子，比她大五岁，她叫他表哥。表哥第一次看见她就喜欢她。她也喜欢她的表哥。她觉得在以前她从来不曾见过像表哥这样一个温存而好看的男孩子。他们都到学堂去念书，下午的时候表哥就领她去玩，有的时候他还教她一些她不懂的功课。

姨母家里除开姨母的儿子以外，还有好几个孩子，他们都是姨母的侄儿跟侄女。除开跟表哥在一起以外，杜菱也有很多的时候跟别的孩子在一起游戏。有一次，一个冬天的星期日的下午，天是晴着，太阳在空中闪着亮光，但是地下堆着很厚的白雪，当时的孩子们有一种特殊的兴趣，就是把白雪堆起来，做成一个雪人。那时为着这件工作，孩子们都聚集起来，也有杜菱跟她的表哥。为着把工作弄得完美，各人担任着自己愿做的事体。于是一大堆孩子中有的拿铁铲，有的拿墨汁——是画脸用的——有的拿畚箕。杜菱和一个姨母的侄女在一起，她们是担任拿扫帚的事。这事是，当大一些的孩子用铁铲把积雪铲起来以后，她们便去扫除那地下的剩余。

于是，在雪人堆了一半，孩子们都欢欣而庆幸着的时候，一个可怕时刻到来了。为着要把雪人做好，大家现着忙碌的紧张。他们正在堆砌雪人的胸脯跟头部，杜菱旁边转过一个男孩子，他的手里拿着一把有着刀锋一样边沿的大铁铲，铁铲里盛着一大堆白雪。为着怕使这堆在铲子上面的白雪掉在地下，他像旋风一样地有力而迅速地转着身体，铲子也跟着他旋转着。原来，杜菱站在那个男孩子的背后，他一点儿也没有看见她。等他转过他的身体，发觉在他的铁铲面前的人会发生什么事情的时候，他那已经放开的力量不能停止他手里的沉重的铲子。这时，杜菱自己也知道那个铁铲的可怕，当她正意识着她应当闪避开的这一瞬间，她觉得她右边的耳部像爆炸一样地响了一声，铁铲子便从那男孩子的手里掉在地下。立刻在地下的白雪上边染上了猩红的颜色，杜菱的耳朵被像刀锋一般的铁铲打断了。孩子们有的跑开了，因为他们想，如果他们不走开是会有大难临头的；有的像石块一样地站着，望着这被难者。杜菱自己一点儿也不觉得疼痛，只是由于别个孩子的慌张引起了她感觉上的骚乱！她在原来的地方站着，她的心在跳动，但是她的腿不会移动了。在这个时候，她记得她的表哥急忙地过来，毫无言语地望着她，然后用颤抖的手把她拉着，领到自己的房里，然后去找了红色的药水跟像雪一样白的棉布替她包扎了被砍断的伤口。包好了以后，表哥还是没有言语，但是他的脸上显露着比她自己还要忧虑和痛苦的神色。

表哥住的房间在这座房子的楼上，一间老旧但是宽大的房间。这房间里有一个大的窗户，从这窗户里看得见一座高山，表哥告诉她说，那就是南京很有名的钟山。根据太阳的反光，它的颜色一天要变幻十几次。从那时起杜菱便常常到她的表哥房里，去看那变色的钟山。有一天，是一个晚上，她又去到表哥的房里，表哥说："我做戏给你看。"于是他便在墙上挂了一块白布，从抽屉里拿出一个小方匣子，然后灭了灯。一下子工夫杜菱就在墙上看见影戏了。这是她第一次看见的电影。看过戏之后，表哥便抱着她，让她坐在桌上，他站在她的身边，摸着她的脸，告诉她说：

"你长得真好看！我多么欢喜你啊！我要去跟妈说，我长大了娶你，你肯吗？"

对于表哥的话杜菱觉得有点儿奇异，但是也觉得有趣；她虽然不懂表哥的话里包括着多么严重的意义，但是她明白表哥对她是怀着很多的善意的。她很想找出一种也表示善意的话来答复表哥，但是她寻不出。她觉得她的脸像在一个冬天的晚上，在一个火炉面前的感觉一样。她想立刻把表哥的话去告诉外祖母说，于是她便像逃走一样地从表哥的房里跑出去了。

第二天早上杜菱便把表哥的话告诉外祖母说了。外祖母听了没有回答；停了一会儿，外祖母用了一种像是与这些话不相干的态度说：

"你往后不要去找表哥玩了。知道吗？他的功课很忙。"

从这天起外祖母便禁止杜菱到表哥的房里去。表哥对她好像也冷淡起来。不久，大概刚过了半年，杜菱的母亲便来了，要接外祖母跟她回到北方去。在她们要起程的头一天下午，表哥偷偷地来找杜菱，把她领到他的房里，然后从他的书桌抽屉里拿出一个小纸包，他把纸包打开，杜菱看见里面有一扎风景画邮片跟一个小泥猴子。"这个是写信用的，"他指着画片说，"你将来就用这个写信给我。小猴子搁在你的书桌上。"表哥说话的时候是微笑着，但是杜菱看出来在他的眼睛里藏着眼泪。

第二天杜菱便跟着母亲和外祖母走了。后来她永远没有写过信给她的表哥，表哥也没有消息给她。

在她十二岁的那年，也是一个冬天，姨母来了一封信，信上说她的表哥死了。

这许多事情，每逢杜菱来到姨母家的时候，总会一件一件地浮在她那海浪一般的脑子里。

带着童年的回忆和寂寞而炽乱的心，杜菱走进了外祖母房里。

因为发着高热，外祖母昏聩地躺在床上。姨母坐在靠近窗口的一张方桌面前，检点着刚从药铺里买回来的药材。

黄昏从破旧的窗纱外面降落下来。上弦的月光从黄昏中偷射到房间里，仿佛要用它惨淡的光辉去驱逐白日的明亮。

于是，在一切都沉没在黄昏的黑暗之后，从突然亮起来的灯光中重新显现出一个房间来。

看见杜菱进来，姨母没有言语；在她含愁的脸上表现了一下亲切的微笑，用她枯瘦而多纹的手掌向杜菱摇摆了一下，随即拿着药壶出去了。杜菱明白姨母的意思，是说外祖母睡着了，叫她不要惊吵。

她轻轻地走到外祖母的床边，然后又回到桌子面前。她感到寂寞而无聊，就从自己带来的一个报纸包里拿出一本讲义夹，胡乱地翻阅起来。

杜菱刚才在寄宿舍里整理课本的时候，她所想带的讲义是一本西洋哲学史，因为明天下午有这一课的考试。但是现在展开来看的时候发现她所带来的并非是西洋哲学史，而是一本英文文集。为什么会把西洋哲学史错带成英文文集，她自己不知道。于是就从这本错带的文选上，想到今天下午整理课本时候的情绪，她所以拿错了讲义的原因。她不否认做错一件事或是拿错了一本书会有一个原因，但是原因自己不曾向她昭示；也可以说，她知道这个原因，但是不肯向自己昭示。

不管怎么样，她的心是零乱而寂寞的。就是这本她不想要看的文选，也可以使她的心情有一个寄托。她便把讲义打开，翻出最近念过的一页。

她所翻出来的一页曾经是她最喜欢过的，是一篇法国著名短篇小说《项链》。关于这篇小说，从作者到作品，杜菱都感到很大的趣味。使她发生兴趣的原因是，第一，她近来很喜欢法国自然派的作品，在自然主义作者当中她所喜欢的有两个，就是左拉跟莫泊桑。对于莫泊桑的作品她所最喜欢的就是对于女人心理的描写。在她看起来，《项链》对于女人心理的描写是最精彩的。除了这个理由，她喜欢《项链》还有一个更大的原因——这也是杜菱不愿意使人知道，而作者偷偷地告诉人的——就是当她在一个同学的晚餐会上第二次看见凌青的时候，他曾向她谈到《项链》，并且他还把英译的一段背诵给她听过。这，也可以说，在杜菱对于"美"和"艺术"正感到发光的年龄里，从她的处女的爱情中对于法国作品发生的初恋。

她开始阅读她所宝贵的文章！

这篇文章的开头是："她是妩媚而美丽的女孩子之中的一个，好像由于命运的错误，生在一个被雇者的家庭里。她没有嫁奁，没有期望，她没有方法使一个富有而超群的男人知道、了解、爱恋而婚娶……"看到这里杜菱不能继续下去，她感到读这篇文章不但不能使她的情绪因专一而清静，反过来，倒像有一种另外的力量使她的情绪更加繁复而困乱起来。

杜菱合上书，转过头去看了一下外祖母的床。床和帐子静寂而无声，她知道外祖母仍然没有醒来。她无聊地站起来，走到窗户面前，从灯光混扰的窗棂外，显出一片凄惨而皎洁的月光。

　　"好像由于命运的错误……"她来回地思索着这句话。她是不相信命运的，但是她感到这一句话好像与她有什么关系：至少，对于跟她有关系的人好像有什么关系。然而，她终于感到空虚和无聊，没有方法在这间古旧而寂寞的房间里停留下去。但是她又必须停留在这里，仿佛当一个人感到不能生活而必须要生活下去一样。

　　向自己的意景徘徊了一下，她预备再去翻开那本讲义，把那篇文章继续阅读下去。这时候，从房门外面进来一个少女，她的身上穿着蓝布衫裤和围裙，稀疏而枯黄的头发紧扎地梳到后面，编成一条细而且长的辫子。她的脸虽然憔悴而没有脂粉的妆弄，但是腻黄的颊上带着一些粗壮的少女的妩媚，明亮而含冤的眼睛里显出生活磨折赋予她的一往情深。她的身体由于过分的体力劳动而发育得异常纤瘦，但是倔强的体态叙述着她对于风霜和星月曾有过的艰辛的战斗。

　　这个姑娘的名字叫翠宝，是这里附近一家酒店老板家的童养媳。关于她自己的出身和怎样来的没有人知道，人家只知道她七岁来到酒店里，来到酒店以后的任务就是照应比她小三岁的她未来的小丈夫，在她十五岁的一个夏天，她的小丈夫跟许多男孩子到一个池塘里去洗澡，洗澡之后的当天晚上没有回来，而且永远也没有回来，事情就这样完结了。我们对于她过去的生活所知道的不过如此。她来到姨母家是由于一个佣工介绍所的关系而来的，至于她的年龄，据她自己说今年十七岁。

至于杜菱一方面，因为对方的年龄跟自己相仿，而且，除开年龄之外似乎还有别的一些什么事情也跟自己相仿，在她上礼拜看见她的时候，她就对她感到特殊的兴趣。至于"兴趣"也不过是想多知道一些她的身世之类的事情而已。但是大凡由佣工介绍所走出来的人大都与她有着相似的身世，对于她的历史根本就没有人注意和盘问，因为没有人盘问，她也就不去询问了。总之她是一个童养媳出身，在姨母家里是一个女用人。

　　杜菱正在对着窗户，望着被月光和薄雾吞食了的院落胡思乱想的时候，翠宝用她清脆而敏捷的扬州话说道：

　　"小姐，饭开好了啊！"她转动了一下似乎羞怯的眼睛，立刻就把她的声音和背影一同卷入到黄昏的黑幕里。

　　晚饭之后，杜菱重新回到外祖母房里。这时外祖母已经醒来，翠宝站在她的床面前，给她端着稀饭。

　　看见杜菱，外祖母立刻从喜悦而衰老的眼睛里流下了眼泪，把杜菱叫到她的床面前，用一种因疲弱而颤抖的声音说：

　　"人老啦，没有用啦……"外祖母想要说许多更需要说的话，剧烈的咳嗽占领了她的喉管。由于身体的颤动，床架子立刻发出机器似的声响，雪白的帐子像云彩一样飘动起来。

　　杜菱坐在外祖母面前，望着被贫穷和疾病磨折着的这位老人。月光渐渐从窗外移到了房屋的中间，用它多情而无意的光辉映射到老年人的脸上。

　　杜菱觉着外祖母比以往更显得苍老，在她那可敬和可悲的衰老的容颜中头发更显得像银丝一样。

　　"衰老是可怕的！"杜菱偷偷地想着，"然而人总是要衰老的，因为'总是要衰老'，衰老就不应该是她可怕的事；正如人总是要死的，死就不是一件可怕的事一样。"但是，她又想："假如人不曾度过好的青春，衰老就是可怕的，正像假如人们不曾很好地生活过，'死'就是可怕的一样！"杜菱的身体坐在房里，可是思想已经奔跑到很远的地方去。她在思想，但是思想没有头绪。她自己想出一句话，随即给自己的话下一种解释，然而解释之后立刻发生一种怀疑。怎么才"不放过青春"，怎么才能"健全地生活呢"？

"人老啦，就没有用处了；你们年轻的人多么好，多么快活，多么自由啊！想到我年轻的时候，我年轻的时候！"外祖母看着杜菱，带着慈祥而凄惨的微笑，把刚才的话接下去。

杜菱正从事她惯有的胡思乱想，现在听见外祖母向她说的许多话，她感到有一种沉重的东西打在她的身上。她想向老年人说一点儿什么，但是一点儿都说不出。

现在翠宝端过一大碗像浓茶一样的东西，蒸汽从滚烫的碗里升起来，散出一种使人难忍的辛涩的药味。外祖母用她为了生活的战斗而变成枯瘦的手接过碗来，在她惯用的坚忍的表现里一气把药汁饮了下去。

她靠在床上，披着一件半旧的黑色绸面夹袄。杜菱认得这件衣裳，这是外祖母过六十岁生日的时候，杜菱的母亲给她做的，当时是深灰的颜色。后来，当外祖母六十五岁那年，杜菱过生日的时候她把它染了一次，在染过之后，就由深灰变为黑的。到现在，这件黑色短袄在杜菱的记忆中已经过了四年。

映着黑色的衣裳，外祖母的脸更显得凄惨而苍白。但是苍白的脸上现出细洁的皮肤跟清楚而美好的面部轮廓。她的头发虽然已经银白，但是在白发下显出一个圆正而端庄的额部，未曾脱落的墨发上显出长得很低的云彩一样的鬓沿。她因年老而背部有一点儿弯曲，然而仍有一个修长的颈项和跟头部配合得十分恰当的美妙的肩膀。从这几点上可以证明外祖母在她年轻的时期曾经是一个有着绰约风姿的纤美的少妇。

"我年轻的时候，跟你们不一样；现在，朝代换了……"她用力地喘息了一番。

"皇帝没有了。……女孩子们可以在外面跑，可以念书，跟男人一样。现在的女人长得多么命好啊！"

外祖母的样子显得很疲劳，但是高起来的体温使她兴奋着。随着体温的增高，她的脸渐渐地泛起了红色，呼吸不断地紧张着。

"睡下来吧！"杜菱看着这位给她一种历史的感觉的外祖母，她的心里又掀起了无穷的感慨。她时常是这样：当她在寄宿舍的时候，她总想到她的外祖母，她感到外祖母不跟她在一起的时候，外祖母很孤独，她也很孤独。因此她总在星期六或是其他节日来到姨母家里。但是当她来了之后，看见衰老的外祖母的时候，她更加感到孤独起来。她觉着外祖母的贫穷和衰老都给她一种心灵上的威胁。这对她是一种青春的灵魂的磨难！她感到她已经踏到一种生活的桥梁上，就是"生"和"死"之间的桥梁，"青春"和"衰老"的桥梁。想到这里，她就会悲哀，有时会哭泣起来。但是她的思想发展到这样的情形的时候，她自己立刻又会转变，那就是当她立刻想到她还是一个少女，想到她的无穷的、不可知的未来的年限和人类的远史的时候。想到这里，她又有一种仿佛走到旷野里的感觉，在旷野里可以遇见暴风雨，可以看见星光，也可以看见月亮和太阳。暴风雨，星光，月亮和太阳，这些加起来就是她未来的年限的总和！

这时，外祖母卷动被盖，说：

"我要躺下，帮我脱掉衣裳！"

杜菱替她脱掉那件黑色的夹衣，替她盖好了被。外祖母突然又说：

"你吃过晚饭没有？"杜菱回答了她。

"你今天还回去吗？"

"不回去！"杜菱说。

"那就好，我就放心！天这么晚，路多么远啊！……我叫翠宝替你买了点心，你顶喜欢的，花生糖，鸡蛋卷，糖核桃。我多么喜欢你在这里住啊！我老了，多么难得呀；但是，我又不敢留你，这里的床不好，你明天又有功课。现在，好孩子，你去睡吧！"外祖母卷动着被盖，喘着急促的呼吸，"去睡吧！不要忘记吃花生糖，吃不了的明天带到学堂去；还有，今天下午知道你要回来，我叫翠宝给你烧了牛肉，明天也带到学堂去！"

因为体温过高和疲劳过度，外祖母很快地睡着了。杜菱看看表，还不到十点，她想现在去睡觉似乎还早，再去看那本讲义又没有情绪。她就到姨母那边去。

姨母的房门掩着，从门隙里透出灯光。她轻轻地推开门，看见床上的帐子放着，翠宝一个人坐在方桌面前，织着绒线背心。她知道姨母也已经睡了觉。

她又去望一下姨母的床，床对面的墙壁上有一张半身男孩子的相片，杜菱认得这是她死去的表哥。相片下边有一张半旧的衣橱和两张旧式的红木靠椅。椅靠上嵌镶的缧钿已经不甚发光而有些已经落脱了。靠椅上首就是一个雕着花、褪了漆的碗柜，碗柜的旁边有一张双层木板的茶几，茶几的下一层永远是有一部《红楼梦》和《西厢记》。有的时候多一部《百香词谱》和《杜诗》，上层就是一个酒杯和一个总是装得不满，可是也不空虚的玻璃酒瓶。这张茶几在平时都是悠闲而守礼地立在碗柜旁边，只有当姨母下午或是晚上临睡之前，它就离开它的岗位改站到床面前来。站到床面前之后，它就静寂而孤独地替这位只有向酒杯诉说她身世的主人服役；直到酒瓶子变成空虚的，或是酒杯里盛着几点不被人知道的泪滴为止。

现在茶几摆在床前，刚才完成了它的役务。

杜菱不想惊动姨母，回到对面房里去。她轻轻地燃上一支蚊烟香，然后躺到床上。

她的身体很疲劳，但是神经异常兴奋。她不但不想睡眠，而且她的眼睛不想闭上。窗户的一半是开着，她看见窗户外面五月的夜的天空和被微风移动着的云彩。月光已经不在房里，但是天井里更现得皎洁而明亮。

她想着一切：想到外祖母的衰老，想到《项链》，想到她所记得的那一截《项链》中开始的文章，想到她的童年和表哥，想到台城，想到她死去的父母，想到青春，想到她灿烂的年华！

她自己想要休息，但是她的脑子特别清醒，而且一定要执行它的工作。起初她想控制它，但是经过一番努力，知道她的控制不但无效，而且使她更加痛苦的时候，她就不加控制了。她想着许多事，她想到跟她的母亲在一起的许多日子。她记得有一次，她的母亲向她说：

"你一定要用功念书，假使念好书我就让你婚姻自由。你知道，婚姻不自由是多么苦痛啊！"

当时她是一个未成年的孩子，她不明白婚姻这类事情的意义。后来，她渐渐地长大起来，似乎明白一些母亲的话，但是她不曾想过它，因为对于这样的事她不需要想，这些话与她没有关系。现在，回想起来，母亲的话对她还是不发生关系，但是她感到了一点儿兴趣；也可以说，她还是跟从前一样，只是她的脑子起了变化！她的脑子总想出许多她不打算要想的事！

五

失眠对于一个少女往往是一种不祥的命定。杜菱的先天的秉质是倾于活跃而勇敢，无虑而诚直。她自己也以为一个像她这样年纪的少女必须有这一类的秉性；她宁愿喜欢那些由于缺乏教养和贫穷而带着一些野性的姑娘，不喜欢那些从富庶之家出来的，纤丽而多愁的。然而，从她的幼年起就偷渡到她悠长的夜里来的失眠的手，在她活跃而愉悦的幸福的秉性中散布了许多多虑而忧愁的种子。她不相信命运，然而它的幸福而少壮的光阴，终于被像"命运"一类的东西主宰了！

每到失眠的夜里，杜菱总会想起在她的童年里所患起的失眠的原因。也像许多人们永不忘记自己幸运的童年一样，她总在不幸运的回忆中记起她的以往。

她时常飘起这样的记忆：

那是当她十四岁的开始，她的母亲患着第二年的肺咯血的日子。从这年春天起，外祖母觉着母亲的病势沉重，叫杜菱和她的妹妹晓风分开，搬到她母亲的房里。这起，杜菱就像一个从事学习的护士一样，开始她夜间的工作。

她在夜里容易做梦，梦见的都是些美的东西。她梦见得最多的就是白雪、城墙、星星和歌唱；这些都是她儿童时候的遗迹。于是，有些夜里，当她听着歌唱的时候，歌声突然会变成母亲的呼唤和呻吟。还有的时候，她看见白雪和画境一样的城墙的垛子，但是立刻就搔起一阵凄咽而可怕的声音，在这种声音之后，她就立刻看见从母亲的嘴里吐出来的大量的鲜血。

在这些情形之后，她就立刻起来，给她的母亲端过一碗药汁或是开水，等到母亲安稳地睡下之后，她就仍然走入她的梦境，观望她的白雪和星星。这时她是一个刚结束了儿童的年代，而踏进了无知的、幻想着快乐的少女的时期。她幻想着"爱"，幻想着"美"，幻想着她那带着微笑的无限的未来。她整天都快活地生活着，没有忧虑。虽然，不曾被她忘记的父亲的死，使她对于母亲的病时常怀着惧心，但那对于她只像是在春天的蓝色的天空偶然间飘散着一片淡薄的云彩；疾病不一定跟死连在一起，也正像云彩不一定会遮蔽晴朗的天空一样。她不会感伤，不会惧怕，不知道失眠。

然而，云彩会有幻变，人们的生活毕竟是有转移的。有一夜，杜菱正睡在床上，看着她的明亮而可爱的星星的时候，忽然觉着自己的身体飘起来，飘到一种高不可测的空中。然后又突然摔下去，摔下去之后就碰在一块冷而硬的岩石上。她觉着她的通身都异常疼痛而疲乏。这时突然有一种声音：

"给我一杯开水！"声音仿佛发出在岩石的那面。于是冷而硬的岩石突然变成温软的，并且像一只手一样，摇撼着她的身体。这时在比较近一些的地方又发出一种声音：

"怎么一点儿也听不见啊！"

她惊动地起来，发觉自己睡在床上，那块摇撼着她身体的温软的岩石就是母亲的手。母亲已经从自己的床上爬起来，把身体欠到她的床边。她看见母亲的美丽而苍白的脸变成红色，汗珠闪亮在她刚进入中年的黑色的鬓发上。

"你忘记了你的妈在生病！妈用了多少力气叫过你！"

起初，像经过一世纪的睡眠一样，杜菱的身体和思想都感到麻木。但是立刻就苏醒过来，苏醒之后，代替原来的麻木的就是一种心的惩罚的苦痛。她想说一点儿什么要求母亲的谅解，但是恐惧和不安使她从周身都寻不着一点儿说话的气力。最后，用了最大的努力她告诉母亲说：

"妈，我没有听见！"

"因为你不关心我，所以听不见。……你在睡觉之前没有想到我！"疾病的痛苦使她的母亲愤怒着。

杜菱和母亲都沉默起来，她们之间没有一句言语。在宁静的沉默黑夜里把人们中不可知的感觉分与她们！这是一个春天的夜里；杜菱正度着她生命的春天，然而也是春天的夜！

母亲喝完了开水，躺下去；又经了一度沉默，杜菱听见她深长地叹了一声。

"可怜的孩子啊！"

隔着关闭了的窗子看不见天的容颜，只是从屋檐上漏下去的水的声音知道外面在飘着听不见的雨点。仲春的夜是寒冷的，尤其是对于那些带着凄冷的心的人们。也像雨点从屋檐上流下来一样，苦涩的眼泪从杜菱的眼睛里流出来，慢慢地滴到枕头上。就在这个瞬间，她知道在对面的床上，由于那从有人类以来就开始了的无可伦比的爱，母亲的眼泪比她流得更多，而且更加苦涩。

从这夜起，在杜菱的无知和天真的童年里得了一个启示：在不远的将来，她就不会再是一个孩童。就从这天晚上起，临睡之前她总把母亲的话复习一遍，她竭力使自己不要睡到听不见呼唤的程度。她开始了半夜里随时都要敏捷地起来的练习。她要努力用她不可多得的珍贵的服役去报偿那在人类中是悠久，而在她的生命中是短促的母亲的爱！

也就从这时候起，由于努力地练习，她终于获得了在她后来的日子中难以和她分离的"失眠"！

由于疲劳过度，这晚上她虽然想的东西很多，但是思索的时间并不太长；而且，因为她年纪很轻，最后把她带着一些感伤气氛的、严肃而又有些罗曼蒂克的思想回转到《项链》上的时候，终于在苦痛和甜蜜的纷扰中悠然入梦了！

然而，在悬着帐子的床上，老年的外祖母并不像杜菱所猜想的睡得很安稳；体温的增高和衰老使她时时陷到昏睡的状态里，但是在每一次昏沉过后，她的脑子就会异常地明朗起来。在这样的时候，她会带着一种年轻人所不知道的感觉和思索的灵敏，把自己带入一种清楚而又朦胧的往昔的回忆里。然而这种对于往昔的"回忆"和年轻的人也是不同的：它没有对于未来的憧憬和对于生命的狂热的气氛，没有像风一样的不可追捕和浪一样的起伏。它所有的只是严肃和伤感，凄冷和静寂。因为年代久远和重复的次数太多，这种回忆并不会使人感到过于兴奋，只是绵延得像循回了多少世纪的春天的夜雨一样。

也跟向来就有的回忆一样，外祖母昨天晚上又回忆了许多她以往的事情：

她回忆到她的少女的时期。由于当时的一般早婚的习惯，她的少女时期是短促的，在她十九岁的时候就随着父母的意思变作了别人的妻子。因为自己的父亲是一个官宦而且富有，并且对于自己的宠爱，她没有嫁出去，她是按循一般富人所有的特殊的例子，让她的少年丈夫到自己父母的家里来和她成婚。成婚之后，也一直就按照同样的例子跟她的丈夫长住在父母家里。

她的丈夫是一个没有父母的孤单而年轻的秀才。但是温善而多才，聪明而守礼，因此她的少妇时期的生活是安静而快活的。

然而天有不测的风云，她的幸福时期还不曾开始，她一点儿还不曾体验到她所希望和期待的日子的时候，她那仍旧是一个少年，而且仍然跟她一起，依伴着她的父母生活着的丈夫突然去世了。原因是这样：在一个刮大风的寒冷的日子，他知道他的第三次乡考仍然没有名字，于是就像一个疯子一样满房乱走了一顿，鲜血从嘴里涌出来，然后就躺到床上。在床上一共躺了五天，第六天外祖母就成了一个寡妇。这时她的年纪刚才二十六岁；丈夫没有财产，只给她遗了三个女儿。

从此以后，她又像没有出嫁一样，更安定，但是更悲凉地住在父母家里。

日子像河水一样地流逝；在不息的河流中，多少孩子们长大起来，少年人变成中年的；中年人变成衰老的，或者就不知不觉地死去。也像河水的流逝一样，当她自己刚进入四十岁的中年时期，她的父母就死去了。

好像受着命运的注定一样，好像许多同时代的女人一样，贫穷和孤独渐渐地跟随着她。然而在任何别人看起来是不幸的事件，她都能以安然的方式处理过去，她不惊慌也不畏惧，她觉着在别人看起来是可惊的事在她都是平凡的，好像暴风雨对于海是平凡的一样。既然有海，海上就不能没有风雨，既然有她这个人，她的生活中就不能没有疾病和痛苦、贫穷和孤独！

这时，为着完成她的责任，也像父母嫁她一样，她把两个年长的女儿嫁出去。然而也像她自己一样，当她们正是年轻，美丽，像一朵花一样，需要人陪伴、欣赏、爱抚和怜惜；并且像花一样，正逢着盛开的时期，不应该凋谢，不应该被人遗弃或是遭受孤独和风雨的时候，她们却被自己的主人遗弃了！她怀疑"命运"的存在，但是"死"总要从年轻女人的手里夺取丈夫，这除开用"命运"以外没有别的东西可以解释！

这时，她所有的一切，她的生命、财产、光和太阳就是她最后的女儿，杜菱的母亲。为着怕有一种过于悲惨的暮年，她用了过分的挑选给自己找了一个女婿。于是在杜菱的母亲出嫁的时候，她给自己的生活画了一个图形，她想她生活的缥缈和劳悴就此可以告一个段落。然而世界上既然有不幸的事件，事件是不会终了的。正像既然海面会有暴风，暴风就会去而复来一样。

杜菱的母亲生过杜菱跟她的妹妹以后，她的丈夫就突然死去，后来自己也死了。这是当她给自己的晚景画图的时候不曾想到的。

即使想到又有什么用呢？人的年寿没有定数，生命是没有保障的！

老年的外祖母想得很多，然而她很冷静而理智；即使想到最悲伤的时候，她也不容易哭泣。因为思想和年高的重荷已经使她劳倦不堪，她的神经已经失去了反应刺激的敏感。况且生活的实际已经把她锻炼得坚强和勇敢到了顶点，回忆和想象没有很大的能力伤害她。只有一些脆弱的年轻的女人才会多愁善感，用眼泪去洗涤悲伤。

杂乱而灰暗的思索和高度的体温，把老年的人一直扰乱到半夜，但是怕杜菱感到不安，她就假装入了睡眠。事实上在天明以前她才因困倦而蒙眬地睡过去。

第二天早上，尚在微睡的阳光从雾的面幕里透进窗子来的时候，杜菱就起来了。她穿好衣裳，走到外祖母的床前，轻轻地揭起帐子，看见她仍然安稳地睡着，她知道昨天夜里无恙，于是又转回来。看了一下自己手上的表，刚刚才五点钟，她觉着时候还早，想在床上再躺一会儿。但是又想到今天下午有西洋哲学史的考试，应该早些回到宿舍去，把笔记本重新温习一番。在未曾决定重新再睡或是起来之前，外祖母的床后面响起一种声音，随后就看见翠宝从房间后面的一道门里走进来。

翠宝进来之后，用她单纯而冶艳的微笑向杜菱看了一眼，又用惯熟而礼貌的仆人的用语叫了她一声，然后，就毫无声响地低下她的头去，从事她的扫涤工作。

杜菱靠在床上，漫无头绪地向房中望着。她看见翠宝比昨天夜里显得更加美丽。她的脸上没有脂粉，但是安足的睡眠使她的双颊泛着红色的光彩。她穿着简陋的蓝布围裙，但是从她身体后面看去，被围裙的带子束起来的纤细的腰部，使得她的全身显出一种动人怜爱的美而曲折的线条。

然而生活困苦和处境的低微，使她没有闲暇和心情去意识到自己的美；而且也由于同样的原因，她的美将不会被许多爱美的人们去发觉。正像一个掉在荒园中的果子一样，她将永远在掩埋着她的身体的枯叶和灰土当中憔悴而枯萎下去。

看见翠宝在拂着灰尘，杜菱又注意到她很久以来都不经心的房内的陈设。

因为这个房间长而窄的原因，外祖母的床是开在房的中间。这是一张有着四根木制架子的极简陋的床，床上悬着原来是白色，但是现在因为洗涤不良，已经变成了淡黄颜色的夏布帐子。她对这顶帐子的记忆最为熟悉，因为母亲生着重病的时候曾经在里面躺过。床面前有一张藤制的躺椅，这张躺椅的用处就是白天供人躺坐，晚上堆摆从床上搬下来的被盖和衣服。除开这些之外，这张躺椅还有一个敏捷而神圣的任务，就是每年当人们还没有注意到寒冷的时候，它的上面已经铺上了一块久历风霜的狼皮垫子；这是暗示人们：冬天快要来了。

躺椅旁边有一张嵌着金色花纹的朱红漆的小衣柜。关于这张衣柜的历史，外祖母曾在流着眼泪的微笑中向杜菱说过：这张柜子曾经陪嫁过两次，第一次是嫁给她自己的父亲，第二次是嫁给杜菱的外祖父。然而由于木料坚实的原因，除开半褪的朱红漆和金色花纹令人掀起一种凋零之感以外，木柜的本身还像当年一样地堪供使用。

衣柜旁边有一张铺陈得雪白的小帆布床，那是每星期六的晚上杜菱在上面睡的。除此之外，窗子下面还有一张古旧的红木方桌，桌子上面有一架并不按时行走的大钟；桌子旁边搁了几张缭乱的椅子。这房里的陈设大致就是如此。总之，从房内的每一件陈设物，每一件用品的年龄、样式和质料上，都看出外祖母不但是非常衰老，而且贫穷和孤独得使人感到怜悯。

五月的朝阳渐渐地红起来；原来布在空中的潮湿的雾气已经被太阳的热力遣散，蓝色的天空更明朗得像宝石一样。

杜菱用过了早餐，收拾好自己的书籍，又到外祖母床面前看了一下。见她仍旧没有醒来，她不想惊扰她，就告诉翠宝说她暂时到学堂去，下了课再来。

在原来因炽乱而荡漾着的心情中又加添了一些无可名状的荒凉和伤感，杜菱离开了这座缠绵而古旧的房子！

（原载 1943 年 10 月 15 日至 1945 年 4 月 15 日《女声》2 卷 6 期至 3 卷 12 期。分《彷徨》《初恋》《潮》三部分。这里节选的是《彷徨》）

图书在版编目（CIP）数据

仲夏夜之梦 / 关露著. -- 北京：中国文史出版社，
2023.3

（民国女作家小说典藏文库）

ISBN 978-7-5205-3985-2

Ⅰ．①仲… Ⅱ．①关… Ⅲ．①中篇小说-小说集-中
国-现代②短篇小说-小说集-中国-现代 Ⅳ．
①I246.7

中国版本图书馆 CIP 数据核字（2022）第 236102 号

责任编辑：卢祥秋

出版发行　**中国文史出版社**

社　　址：北京市海淀区西八里庄路 69 号院　　邮编：100142
电　　话：010-81136606　81136602　81136603（发行部）
传　　真：010-81136655
印　　装：北京温林源印刷有限公司
经　　销：全国新华书店
开　　本：720×1020　1/16
印　　张：15　　　　　字数：161 千字
版　　次：2023 年 3 月第 1 版
印　　次：2023 年 3 月第 1 次印刷
定　　价：55.00 元